# 명자의 외출

이을순 장편소설

# 명자의 외출

이을순 장편소설

# 작가의 말

문득 '곡예사의 첫사랑'이라는 노래가 떠오릅니다. 이번 소설을 시작했을 때 내 모습이 떠올랐으니까요. 소설이라는 무대에서 광대가 된 전 아슬아슬한 줄을 타며 위험한 곡예를 했습니다. 이게 과연 소설이 될 수 있을까? 그런 의문을 가지면서도 포기하지 않고 울고 웃다가 보니 어느새 한 편의 장편소설이 되어 내게 선물처럼 찾아왔습니다.

이제 그토록 가슴에 품고 있었던 소설 속 두 인물 '희선'과 '명자'와 작별할 시간이 되었습니다. 그동안 두 친구에게 진심으로 감사하고, 고마웠다는 말을 전합니다.

2025년 애월읍 하귀 素靜園(소정원)에서
이을순

# 차례

작가의 말　5

# 1

앞마당으로 나온 희선은 실눈을 뜨고는 텅 빈 하늘을 더듬어본다. 한 점 구름도 없다. 저기 나뭇가지에 앉아 있던 직박구리와 참새떼도 화르르 날갯짓하며 허공으로 날아가 버린다. 어쩌면 인간도 죽으면 그 영혼이 새들처럼 하늘로 훨훨 날아가는 게 아닐까? 눈앞에서 새들이 순식간에 사라지자 희선은 문득 인생무상을 느낀다.

어느덧 자신의 나이 육십 후반으로 접어들고 있다는

게 정말이지 실감이 나지 않는다. 늙어간다는 건 열정이 식어가는 동시에 희망마저 점점 잃어가는 것인지도 모른다. 그렇다면 노년의 인생이란 과연 무엇일까? 산을 넘고 넘다가 저쪽 기슭 죽음의 연못이 침잠되어 있는 곳으로 떠나는 고달프고도 슬픈 여정은 아닐까. 체력이 쇠퇴함과 동시에 기운도 쇠약해져 마침내 죽음은 친숙한 벗처럼 손을 내밀며 점점 다가오는…. 희선의 몸과 마음이 한껏 움츠러든다.

희선은 한숨을 길게 내쉬며 널찍한 돌의자에 엉덩이를 반쯤 걸치고 앉는다. 앞마당 연못 입구에는 철쭉꽃과 살구꽃이 화사하게 피어 있다. 그때 햇살을 받아 봄빛이 가득한 연못 속으로 개구리 한 마리가 폴짝 뛰어든다. 희선의 시선이 일체 그쪽으로 쏠린다.

연못은 백 년도 넘은, 그러니까 옛사람들이 식수로 사용했던 동네 우물이다. 남편은 연못 주변에 느티나무와 향나무를 심고, 인동초와 찔레 장미도 심어 그 주변을 운치가 있게 조성하였다. 간혹 오일장에 가면 금붕어를 사다가 연못에 풀어놓기도 했다. 그러던 남편이 세상을 떠난 후부터 그토록 운치가 있던 연못이 점점 다르게 보이기 시작했다. 어쩐지 그 둥그스름한 형태가 무덤처럼 보였다. 뭐랄까? 연못 주위를 에워싸고 있는 것들이 마치 죽은 자들의 서늘한 기운처럼 느껴진다고 나 할까. 음습하고 물이 가득 고인 그 안에서 뭔가 불쑥 튀어나올 것만 같은 알 수 없는 존재의 불안감. 그게 어쩜 죽음일지도 모른다. 금세 태양은 나무 잎사귀들 사이로 흩뿌려지고 있다.

남편이 세상을 떠나고 난 후부터 자식들은 종종 마당 넓은 집을 처분하는 게 어떠냐고 물었다. 그때마다 희선은 고개를 절레절레 흔들었다. 언제부터인가 정원 일을 하다가 보면 공허한 시간이 후딱 지나가서 좋았기 때문이다. 그런데도 자식들은 집을 팔아버리고 의료 서비스와 연계된 실버타운으로 입주하라고 성화였다.

남편이 세상을 떠날 당시에만 해도 희선은 그런 자식들의 의견에 따를까도 했다. 그러나 막상 혼자가 되어 살아보니 그 마음이 달라졌다. 아니 남편의 유언처럼 남긴 말 때문인지도 몰랐다. 당신, 내가 없어도 정원의 나무들과 꽃들을 잘 보살펴줘. 그러다 보면 당신 홀로 살아가도 차츰차츰 남은 노년의 인생이 그다지 외롭진 않을 거야. 어차피 모든 인간은 죽으면 자연으로 돌아가잖아. 그러니 이제부터라도 그것들과 친숙해지는 법을 배워야 해. 평소 말이 없던 남편은 그날따라 희선의 손을 꼭 잡고는 당부하듯이 말을 건넸다.

공직에 근무하던 남편이 퇴직을 앞두고 있을 때만 해도 희선은 전원주택을 처분하고 아파트로 이사할 계획이었다. 전원생활이라는 게 여러모로 불편했다. 특히 여름철이면 집 안으로 날아드는 날벌레, 모기, 바퀴벌레 그리고 간혹 잔디밭을 가로질러 슬슬 기어다니는 뱀도 눈에 띌 때가 있었다. 그럴 때면 남편에게 온갖 짜증을 냈다. 당신, 제발 아파트로 이사 가자고요, 네? 하지만 남편은 별 반응을 보이지 않았다. 희선은 남편이 일부러 자기 말을 무시하고 있는 듯한 기분이 들자 하루는 단단히 마음을 먹고 거침없이 말을 내뱉었다. 올해 당신 퇴직하면 당장 이 집을 팔고 아파트로 이사해요? 그제야 남편은 아주 귀찮다는 표정을 지었다. 지금 대체 무슨 소리를 하는 거요? 난 이 집에서 한 발짝도 움직이지 않을 것이오. 내가 왜 이토록 소중한 정원을 두고 떠난단 말이오? 난 여기서 오랫동안 살다가 마지막 순간을 맞이할 것이니 다신 그런 말 꺼내지도 마시오. 나무들과 꽃들을 가꾸고 사는 인생이 노후에 얼마나 축복된 삶인데 어찌 나더러 그걸 버리고 다닥다닥 붙은 닭장 같은 아파트에 들어가 살자는 거요? 그 말에 희선은 발끈 부아가 치밀어 올랐다. 흥! 그럼 당신이 먼저 죽어야겠네요. 그래야 내가 이 집을 팔고 아파트든 실버타운이든 입주해서 편안한 노후를 즐길게 아녀욧!

그 후로 그 말은 으레 희선의 잔소리가 되어버렸다. 그때마다 남편은 어떤 반응도 보이지 않았다. 그저 묵묵히 자기 일에만 집중할 뿐. 그리고 일 년이 좀 지났을까. 하루는 퇴직한 남편이 정원의 나무를 자르다가 갑자기 등과 허리의 통증을 호소했다. 저번에도 남편은 통증을 호소한 바가 있었다. 다음날 희선은 남편과 함께 병원을 찾았다. 이것저것 검사를 받을 때만 해도 별 대수롭지 않은 일인 줄로만 알았다. 남편은 엉뚱하게도 자신이 아마도 대상포진이 아닐까, 하고 희선에게 작은 소리로 속삭이기도 하였다.

일주일 후, 검사 결과를 보려고 다시 병원을 찾았

을 때 의사는 그만 청천벽력과도 같은 말을 했다. 환자분은 암세포가 이미 간과 임파선까지 퍼졌습니다. 췌장암 말기입니다. 순간 남편의 얼굴은 공포로 일그러졌다. 가슴이 철렁 내려앉은 희선은 진료실 한쪽에 있는 의자에 털썩 주저앉고 말았다. 무엇보다 먼저 죽으라고 내뱉은 자기의 말이 남편에게 정말 죽음의 씨앗이 되어 버린 듯했다. 어째서 그런 입방정을 떨었단 말인가. 그토록 멀쩡했던 남편이 췌장암이라니…. 한꺼번에 수천 개의 바늘 끝이 마구 심장을 찔러대는 듯한 참을 수 없는 고통이 찾아왔다. 남편은 한마디도 내뱉지 않았다. 비극의 절정이란 바로 이런 순간을 말하는 것일까. 남편의 눈동자는 대리석처럼 하얬다. 큰 충격에 휩싸인 희선은 도무지 정신을 차릴 수가 없었다.

그날 집으로 돌아온 남편의 두 눈은 허공을 향하고 있었다. 남편 몰래 훌쩍훌쩍 눈물을 훔치던 희선은 예전에 남편에게 다정하게 대하지 못한 것들이 한꺼번에 후회로 되살아났다. 특히 남편과 함께 유럽 여행을 떠나기로 했다가 취소한 게 몹시 마음에 걸렸다. 딸을 결혼시키고 나면 곧장 떠나기로 했던 여행이 당시 '메르

스' 사태 때문에 그만 무산되고 말았다. 그토록 남편이 가보고 싶어 했던 유럽 여행은 그렇게 차일피일 미루다가 결국은 떠나지 못하게 되었다. 자신이 조금만 신경을 썼더라면 충분히 떠날 수 있었던 여행이었다. 그러지 못한 게 희선은 무엇보다 그 일이 후회로 남았다.

서둘러 서울에 있는 병원에 입원해서 항암치료를 받던 남편은 결국 집으로 돌아왔다. 남편은 자기의 남은 생을 집에서 보내고 싶다고 했다. 그래서 날마다 마약성 진통제를 복용하면서 정원의 나무들과 꽃들을 쓸쓸한 표정으로 하염없이 바라보기만 하였다. 그렇게 한 달 정도 병마와 싸우던 남편은 마침내 마지막 숨을 거두고 세상을 떠났다.

희선은 그토록 마음의 준비를 단단히 했음에도 불구하고 막상 남편이 세상을 떠나자 온갖 불안과 두려움에 사로잡히고 말았다. 한동안 식음을 전폐하다시피 한 채로 시체처럼 누워만 지냈다. 삶의 의욕도 없었고, 그 어떤 희망조차도 없는 너무나도 우울한 나날의 연속이었다. 옆에서 지켜보던 자식들은 엄마를 몹시 염려하며 제발 기운을 차려야 한다고 다소곳하게 설득했다. 아빠가 떠난 걸 너무 슬퍼만 하지 말고 가족들을 생각해서라도 억지로 음식을 드셔야 한다며 이런저런 먹을 것을 챙겨주기도 했다. 그 덕분인지 얼마 후, 가까스로 기운을 차린 희선은 우선 정원 일부터 조금씩 하기 시작했다. 처음에는 무작정 호미를 들고 정원의 잡초부터 뽑았다. 뭔가에 미친 듯이 집중하지 않으면 자신이 질펀한 우울의 늪 속으로 깊이깊이 빠져들어 갈 것만 같았기 때문이다. 아무리 서투른 일도 반복적으로 하다가 보면 익숙해지는 법이었다. 그때부터 시작한 정원 일은 점차로 시간이 흐르자 비로소 나무들과 꽃들도 희선에게 친숙한 벗처럼 다가오기 시작했다.

한참 동안 깊은 상념에 잠겨 있던 희선은 구부정한 자세로 몸을 일으키며 앞마당을 쭉 훑어본다. 어느새 파란 잔디 사이로 쑥쑥 자란 잡초들이 드문드문 눈에 띈다. 정원에 신경 써서 물을 주거나 잡초를 뽑아주는 사람이 아무도 없다면 결국 정원은 잡초로 뒤덮여 집은 완전히 폐허가 되리라. 마음이 다급해진 희선은 두 팔을 싹싹 걷어붙이곤 호미를 가지려 창고 쪽으로 향한다. 그때 휴대전화가 울린다. 액정화면에 뜬 명자 이름을 본 희선은 빙긋 웃으며 전화를 받는다. 하지만 명자의 어색한 한숨 소리가 전화기 너머로 들려오자 희선의 낯빛이 금방 먹구름이 낀 것처럼 어두워지고 만다.

"명자야, 무슨 일 있어? 왜 그래?"

"그게, 그러니까…."

명자가 말을 제대로 잇지 못하자 희선은 뭔가 불길한 예감을 직감한다.

"대체 무슨 일인데 그래?"

"으응. 이따가 네 집에 가도 될까?"

"물론이지."

"고마워!"

전화가 뚝 끊기자 희선은 삽시간에 알 수 없는 불안감에 휩싸이고 만다. 명자에게 무슨 일이 있는 것일까? 희선은 우두커니 선 채로 안절부절못한다.

5년 전, 남편이 세상을 떠나자 희선에겐 허전함과 외로움이 끊임없이 찾아왔다. 어느 때는 그것들과 싸우다 이내 짓눌려버리기도 했다. 마치 자신이 이길 수 없는 괴물과 싸우고 있는 듯한 감당하기 힘든 두려움이었다. 그 무렵 명자가 따뜻한 손길을 내밀어주었다. 명자는 그렇게 마음이 약해지면 안 된다며 그동안 자신이 겪었던 어렵고도 힘든 삶의 이야기도 솔직하게 들려주었다. 이렇게 밑바닥 인생인 자기 같은 사람도 어떻게든 살아보려고 아등바등 안간힘을 쓰고 있다면서 제발 기운을 차려 힘내라고 희선을 다독였다. 그 뒤로부터 명자는 더 자주 희선에게 전화해 주었고 맛있는 간식이나 음식도 종종 갖고 와서 함께 먹기도 했다. 이런 명자의 세심한 관심과 배려 덕분에 겨우겨우 우울한 삶에서 벗어날 수 있게 되었다. 희선은 지난날 명자의 고마움을 떠올리며 명자에게 제발 아무 일이 일어나지 않기를 마음속으로 빌고 또 빌어본다.

　언젠가 명자는 부자가 되는 게 꿈이라고 말한 적이 있다. 단칸방에서 첫 아이를 낳았는데 그때 아기에게 먹일 젖이 부족해 분유를 사려고 해도 돈이 모자랐다. 명자는 악착같이 그 설움을 내비치지 않기 위해 아랫입술을 질끈 깨물고는 하루하루를 모질게 견디며 살았다. 하지만 더는 버텨낼 수 없게 되자, 끝내 어머니를 찾아가 비굴한 표정으로 돈을 빌려달라고 매달렸다. 어머니는 무척이나 안쓰러운 표정으로 명자를 바라보다가 잠시 뒤 얼마간의 돈을 명자에게 찔러주었다. 그러고는 명자가 아기를 낳아도 얼굴을 내밀지 않았던 건 아버지가 극구 말려서 그랬다는 말도 덧붙였다.

그날 집으로 돌아온 명자는 남편이 끓여준 미역국을 꾸역꾸역 목 안으로 넘기며 꺼이꺼이 한참을 서럽게 울고 또 울었다. 정말이지 세상에는 돈이 없으면 죽은 목숨이나 다름없었다. 그 일을 겪고 난 후부터 명자는 언젠가 자신도 꼭 부자가 돼서 죽기 전에 멋지게 한번 폼 나게 살아볼 것이라고 입버릇처럼 말했다. 하지만 그런 각오와는 달리 어찌 된 일인지 돈이 명자의 수중에 들어오기만 하면 무섭게 수돗물이 줄줄 새듯이 빠져나가기 일쑤였다. 그토록 명자가 오랫동안 장사를 해왔음에도 불구하고 허구한 날 돈이 없다는 타령만 늘어놓자 어느 날 희선은 눈살을 찌푸리며 말했다. 명자야, 돈, 돈 입으로만 떠들지 말고 평소에 돈을 모으려고 실천 좀 해보란 말이야. 그러자 명자는 시큰둥한 표정으로 자신도 얼마 후면 5천만 원 적금을 탄다고 했다. 나중에 알고 보니 그 돈이 명자의 노후 자금 전부였다. 희선은 적이 당황스럽지 않을 수 없었다. 더구나 명자가 그 돈을 어떻게 굴리면 좋겠느냐고 물어왔다. 희선은 늙은이에겐 돈이 목숨줄이나 다름없으니까 일단 은행에 정기예금을 해두라고 조언했다. 절대 자식들에게 그 돈이 있다는 말조차 꺼내지 말라고 신신당부했다. 앞으로도 장사하면서 돈이 들어오면 꼬박꼬박 은행에 저축하라는 말도 덧붙여주었다. 그때 명자가 긍정도 부정도 아닌 묘한 태도를 보이자 희선은 입을 굳게 닫아버렸다. 조언이랍시고 자신이 잘못 끼어들었다간 되레 상대에게 원망의 소리만 듣게 될지도 모른다는 생각이 퍼뜩 뇌리에 스친 것이다.

그렇다면 혹시 그 돈에 어떤 문제라도 생긴 건 아닐까? 요즘 보이스피싱이 온갖 수법으로 기승을 부리고 있지 않은가 말이다. 순식간에 별의별 불길한 생각들이 다 떠오르자 희선의 마음이 몹시도 불안하고 초조해진다.

두 사람은 중학교 동창이다. 어릴 적부터 해녀인 명자가 바닷속에서 해삼, 전복, 미역 등 해산물을 채취하는 이야기를 들려줄 때면 희선은 명자가 마치 인어공주처럼 보이기도 하였다. 당시 희선의 아버지는 건설회사 소장으로 근무하고 있었다. 한데 장기간 건설 현장이 서울로 옮기면서 가족들도 서울로 이사하게 되었다. 여고에 입학할 무렵인 희선은 단짝인 명자와 헤어지는 게 너무 서운했다. 더더구나 신비한 바닷속 이야기를 더는 들을 수 없다는 게 무척이나 아쉬웠다. 이런 희선의 마음을 잘 알고 있던 명자는 희선이 서울로 떠나기 전날 집으로 찾아왔다. 명자는 자신이 직접 수를 놓아 만든 꽃무늬가 박힌 손수건을 희선에게 작별 선물로 건넸다. 손수건을 받은 희선이 눈시울을 붉히자 명자는 우리 나중에 어른이 되면 꼭 다시 만나자며 머뭇머뭇하는 희선의 등을 떠밀었다.

서울로 올라온 희선은 여고 시절 내내 명자가 준 손수건을 매만지며 반드시 작가가 되겠다는 꿈을 마음속에서 키웠다. 만약 자신이 작가가 된다면 그동안 명자가 들려준 푸른 바닷속 세상과 물질하는 해녀들의 이야기를 소설로 써보고 싶었다. 그래서 대학을 문창과로 지망하게 되었다. 그런데 어느 날, 하루아침에 집안이 온통 쑥대밭이 되고 말았다. 증권회사에 다니던 사촌오빠가 아버지에게 돈을 많이 벌게 해준다며 주식투자를 권유한 게 그만 화근이었다. 평소 오빠를 아들처럼 믿고 신뢰하던 아버지는 어머니의 만류에도 불구하고 그동안 모아놓은 목돈을 주식투자 명목으로 턱 하니 맡겨버렸다. 처음에는 돈이 벌리는 듯싶었다. 그러나 어느 순간 그 돈을 다 날려버린 오빠는 쥐도 새도 모르게 캐나다로 훌쩍 이민을 떠나버리고 말았다. 그 바람에 희선은 대학 입학을 포기하고 중소기업 경리사원으로 취업하게 되었다. 갑작스럽게 집안 형편이 어려워지자 희선은 자신이라도 생활에 보탬이 되고자 매일같이 오직 성실하게 회사 일에만 매달렸다. 그 모습을 눈여겨보던 직장 상사가 자기 후배를 소개해 주었고, 그 인연으로 희선은 공무원인 남편을 만나 결혼하게 되었다.

아버지는 날마다 돈을 잃은 자책감으로 괴로워하다가 결국 술독에 빠져 살다시피 했다. 자나 깨나 사촌오빠를 원망하면서 아무 일도 하려고 하지 않자 참다못한 어머니가 벌컥 화를 냈다. 밤낮 일만 해도 먹고살기가 힘든데 그렇게 폐인처럼 허송세월만을 보낼 것이냐며 들볶았다. 그래도 아버지는 깊은 상실감에서 영 벗어나지 못하자 어머니는 어쩔 수 없이 집안의 가장이 되어 마트에서 일을 시작했다. 그러다가 한파가 휘몰아치던 어느 겨울, 아무도 없는 집에서 아버지는 심장마비로 세상을 떠나고 말았다. 그동안 화병을 앓아오던 어머니마저도 삶의 의욕을 잃고 병든 닭처럼 오랫동안 시름시름 앓다가 희선의 가족이 제주도로 내려올 즈음에 돌아가셨다. 희선의 나이 마흔 후반으로 접어들 무렵이었다.

제주로 발령받아서 내려온 남편은 제주 섬을 둘러싸고 있는 푸르른 자연에 그저 탄복하였다. 제2의 인생을 살기엔 딱 안성맞춤이라고 여간 즐거워하는 게 아니었다. 그러고는 일 년 후, 경매를 통해서 도심에서 좀 떨어진 외곽에 비교적 저렴한 토지를 낙찰받았다. 그런 다음 주말이면 온갖 종류의 나무들과 여러 종류의 다양한 꽃을 심고 가꾸기에 여념이 없었다. 남편은 이마에 송골송골 맺힌 땀을 목수건으로 쓱쓱 문질러 닦으며 그것들을 갓난아기 돌보듯 아주 정성껏 가꾸었다.

시간이 흘러 마침내 불모지였던 땅이 옥토로 변하자 남편은 기다렸다는 듯이 황홀한 태도로 그곳에 전원주택을 짓는 것에 대해 희선에게 설명했다. 희선은 아파트에 사는 게 편리해서 좋다며 남편의 의견에 극구 반대했다. 하지만 남편은 아랑곳하지 않고 기어코 그 땅 한쪽에 아담한 전원주택을 짓고 말았다.

희선은 이런 남편의 일방적인 결정들이 몹시 못마땅했다. 그럴 때마다 명자를 만나서 이런저런 수다를 떨며 스트레스를 풀곤 하였다. 사실 희선은 제주로 다시 내려왔을 때 제일 먼저 명자를 찾았다. 자신이 대학 진학을 포기하고 직장을 다니고 있을 때 명자가 먼저 모든 연락을 끊었기 때문이다. 그때는 서로의 삶이 바쁘다 보니 그럴 수 있다고 생각했다. 하지만 제주도로 내려오게 되자 희선은 명자 소식을 듣기 위해 일부러 동창 모임에까지 나가게 되었다. 그곳에서 명자를 만난 희선은 그만 깜짝 놀라고 말았다. 명자가 해녀가 아닌 장사꾼이 되어 있었다. 명자가 왜 장사꾼이 되었는지는 시간이 좀 더 흐른 뒤에야 그 내막을 자세히 알 수 있게 되었다.

오후가 돼서야 명자가 나타난다. 앞마당에서 내내 마음을 졸이고 있던 희선은 잽싸게 명자 곁으로 다가간다.

"명자야, 우리 한 달 만에 얼굴 보는 것 같다, 그렇지?"

"그런가?"

명자가 고개를 갸우뚱하며 풀어진 듯한 명한 눈으로 말하자 희선은 명자를 거실로 데리고 간다. 피곤하여 눈이 푹 꺼진 명자가 쓰러지듯 소파에 앉자 희선은 재빨리 냉장고에서 과일을 꺼내 깎아내어 탁자 위에 놓았다. 어서 과일을 좀 먹어보라고 말해도 명자는 양손을 가슴에 얹어 팔짱을 낀 자세로 가만히 앉아만 있을 뿐이다. 희선은 근심 어린 표정을 짓는다.

"대체 무슨 일이야? 피죽도 못 얻어먹은 사람처럼 얼굴은 또 왜 그 모양이냐고?"

"희선아, 나 믹스커피 한잔만 줄래?"

명자는 믹스커피 마시는 게 거의 중독 수준이다. 아침에 눈을 뜨자마자 커피부터 마셔야 정신을 차릴 수 있었다. 작업장에서 하루에 커피를 물을 마시듯 마신다고 한다. 희선이 커피를 건네자 명자는 입을 벌려 공기를 마시듯 커피를 마신다. 잠시 뒤 커피잔을 비운 명자가 침묵으로 일관하자 희선은 조급증이 나서 견딜 수가 없다. 명자의 옷차림도 꾀죄죄하고 수척해져 있는 얼굴에는 그늘이 잔뜩 드리워져 있다. 작은 키에 야윈 몸은 툭 건드리기만 해도 옆으로 픽 쓰러질 것만 같은 위태로움. 금방이라도 왈칵 눈물을 쏟아낼 것 같은 명자의 어두운 표정이 아닌가. 대체 무슨 일일까? 하지만 희선은 명자가 먼저 입을 떼기만을 참을성 있게 기다린다. 마침내 명자가 목구멍 속으로 기어들어 가는 목소리로 입을 달싹인다.

"희선아, 나 말이야 집에서 나왔어. 아니지, 쫓겨났어. 오늘이 3일째야."

깜짝 놀란 희선의 두 눈이 불에 덴 듯 화끈거린다.

"뭐, 뭐라고? 아니 누가 널 내쫓았단 말이야?"

그 물음에 명자는 복받쳐 오르는 분노와 울분을 애써 억누른다. 희선은 두 눈을 동그랗게 뜨고는 명자를 뚫어지게 쳐다본다. 잠깐 말을 멈췄던 명자가 중얼거리듯이 말한다.

"바로 딸년이 날 내쫓았어. 물론 남편이란 인간도 같이 작당했겠지만 말이야."

그 순간 희선의 온몸에 소름이 오싹 돋는다. 희선은 명자 앞으로 얼굴을 바짝 내민다.

"명자야. 대체 무슨 일인지 내가 좀 알아들을 수 있도록 자세하게 말해볼래?"

명자가 고통스럽게 웃는다.

"나도 딸년이 이렇게까지 나올 줄은 정말 몰랐다니까, 후유."

명자의 한숨 소리가 가슴속으로 깊이 파고들자 갑자기 희선의 머릿속이 벌집 쑤셔대듯 복잡해진다. 명자는 그 집안의 가장이고 없어선 안 될 절대적인 존재가 아닌가. 평생 장사를 하면서 자식들 뒷바라지를 열심히 했다. 또 그렇게 고생하면서 힘들게 번 돈으로 다세대 상가 1층과 주택 2층도 사들였다. 더욱이 아들 장가보낼 땐 서울에 전셋집도 마련해준 명자가 아니던가. 그것을 늘 보람으로 여기며 가슴 뿌듯해하던 명자가 난데없이 쫓겨났다니? 자다가 봉창 두드리는 소리가 아닌가. 희선은 걱정스러운 빛으로 조심스레 말을 건넨다.

"너 혹시 남편한테 오해받을 만한 짓이라도 한 거야?"

"뭐, 뭐라고? 오해라니? 아니 그럼 넌 지금 내가 바람이라도 피워서 집에서 쫓겨났다고 생각하는 거니?"

명자가 눈살을 잔뜩 찌푸리며 노골적으로 불쾌한 표정을 짓자 희선은 자기가 뱉은 말에 수습하기 바빠진다.

"그러니까 내 말은, 뭔가 서로 오해가 생겨서 그런 게 아닐까, 해서 말이지."

"어이쿠, 차라리 그랬으면 나도 좋겠다. 늙어서 연애라는 것도 좀 해보게. 무슨 팔자가 이 모양 이 꼴인지 몰라. 평생 바람도 한번 못 피워봤으니 말이야."

명자가 싱겁게 픽 웃자 순간 긴장이 풀린 희선은 찡긋 한쪽 눈을 감는다.

"뭐 못할 것도 없지. 이참에 두 눈 크게 뜨고 잘 찾아봐라. 참, 저번에 동창 모임에 갔더니 누가 너 좋아한다고 하던데. 어때 이번 기회에 내가 다리라도 좀 놓아볼까?"

"아휴, 미쳤냐? 다 늙어서 무슨? 지나가는 개도 웃겠다."

"아니지. 이참에 한번 만나 봐? 그 친구 지금도 혼자라던데?"

"아이고, 그놈 내가 숨겨둔 돈이 많이 있는 줄 알고 수작을 부리는 거란 말이야. 내 주제에 연애는 무슨? 서방 복 없는 년은 자식 복도 없다더니 옛말 틀린 게 하나도 없다니까. 그나저나 늙어서 이렇게 살다가 나중에 기운 떨어지면 어떻게 되는 걸까?"

"어떻게 되긴? 요양병원이든 요양원에 들어가 있다가 죽는 거지 뭐."

"요양원? 난 절대 그런 시설에는 들어가지 않을래."

"그럼 넌 우리가 언제까지나 지금처럼 이렇게 살 수 있다고 생각하는 거야? 늙은이 인생 잠깐이야. 내일 어떻게 될지도 모를 깜빡깜빡 꺼져가는 촛불 같은 목숨 줄이란 말이야, 알아?"

"그래도 난 요양원은 정말 싫어. 차라리 교통사고로 죽든지, 심정지로 죽든지 할 거야. 구질구질한 요양원에서 절대로 기저귀에 오줌똥 싸면서 짐승처럼 살고 싶진 않아."

"참네. 그게 마음대로 되는 일이냐고?"

희선의 말에 명자는 다시 초점 없는 멍한 시선으로 허공을 바라본다. 자신이 벼랑 끝으로 내몰린 참담한 심정이다. 연금이라곤 나라에서 주는 기초연금이 전부가 아닌가. 만약 장사할 수 없게 된다면 당장 생활고에 시달리게 된다. 이래서 예전부터 희선이 그토록 노후대책을 해야 한다고 말했을까. 자식들 다 소용없고 늙은 이에게 효도는 자식이 하는 게 아니라 돈이 하는 것이라고 강조하면서 말이다.

명자는 생활고에 시달렸던 지난 세월의 기억이 불쑥 악몽처럼 떠오르자 덜컥 겁이 난다. 세상에서 가장 끔찍한 고통은 가난이다. 무엇보다 어린 자식들에게 제대로 먹일 수가 없을 때 그 얼마나 가슴이 찢어질 듯한 심한 고통과 슬픔을 느꼈던가. 정말이지 굶어 죽지 않으려면 닥치는 데로 뭐든지 해야만 했다. 그래서 어금니를 꽉 깨물고 장사를 시작하게 되었다. 눈이 오나 비가 내리나 오로지 자식들만 생각하면서 억척스럽게 트럭을 몰며 채소 장사에만 매달렸다. 자식들이 배가 부르도록 먹는 것을 보면 그토록 행복할 수 없었다. 그 때문에 자식들을 떼놓고 남편에게서 차마 달아날 엄두조차도 낼 수가 없었다.

하루하루 그렇게 목구멍에 풀칠하듯 쫓기는 삶을 살다가 보니 어느새 무정한 세월은 훌쩍 흘러가 버렸다. 한때 장사로 돈을 많이 벌었으나 여기저기 지인들에게 돈을 빌려주고는 모두 떼이고 말았다. 자신이 어려웠던 처지를 생각해서 선뜻 돈을 빌려줘 뜯긴 돈만 해도 참 많았다. 그 돈만 잘 갖고 있었더라면 지금쯤 이렇게 노후 걱정은 없었을 터였다.

명자는 막상 집에서 빈털터리로 내쫓기다 보니 지난 날 자신의 어리석음이 마냥 한심스럽기 짝이 없었다. 하지만 지금에 와서 뒤늦은 후회를 해본들 무슨 소용이 있겠는가. 명자는 무거운 침묵을 깨고 다시 말을 이어간다.

"희선아, 우리 언젠가 함께 본 영화 '죽여주는 여자' 너 기억나니? 박카스 아줌마 말이야. 파고다 공원에서 노인들 상대로 성매매하다 진짜 죽여주는 여자가 되어

버렸잖아. 간신히 생명을 이어가는 노인을 친구의 부탁 받고 죽여버리는 그 장면이 아직도 내 머릿속에 생생히 떠올라. 뇌졸중으로 사지를 움직이지 못하는 노인네도 그렇고, 치매에 걸린 노인네를 낭떠러지 절벽 아래로 밀어 떨어뜨리는 그 장면도 말이야."

"아니 웬 뜬금없이 그 영화 얘기를 꺼내?"

"그건 살아도 산목숨이 아니잖아. 나도 자식들 괴롭히지 않고 영화 속 그들처럼 죽임을 당하는 것도 괜찮겠다 싶었거든. 그렇게 죽는 게 훨씬 낫다고 생각했으니까."

"아니 죽는 게 맘대로 되는 일이야? 그리고 지금 나더러 네가 만일 그렇게 되면 죽여달라는 거야 뭐야? 그런 잡소리 그만 지껄이고 왜 딸년한테 쫓겨나게 됐는지 그 이유나 어서 말해봐라."

희선이 두 눈을 치켜뜨자 명자는 쓴웃음을 지으며 어깻숨을 내쉰다. 그러고는 그날의 일을 들려준다.

며칠 전, 명자는 남편과 함께 대파밭에 농약을 치고 있었다. 남편이 단호박과 콩 농사를 짓는 건 명자도 평소 뭐라 하지 않았다. 하지만 대파 농사만은 그토록 하지 말라고 말렸다. 어쩐 일인지 남편이 대파 농사만 하면 그 상품 가치가 현저히 떨어졌다. 그래도 그런 물건을 사주면 남편은 그걸 당연한 것처럼 받아들였다.

그날도 농약을 뿌려야 한다기에 명자는 짜증이 나면서도 어쩔 수 없이 따라가 도와주었다. 한데 그날따라 남편의 잔소리가 아주 심했다. 농약 줄 호스를 제대로 잡으라느니, 왜 동작이 굼뜨냐는 둥 계속 시비조였다. 결국 참지 못한 명자가 한바탕 욕지기를 퍼부었다. 야, 넌 내가 영원한 네 종년인 줄 알아? 그러고는 잡고 있던 호스를 냅다 내팽개치곤 휑하니 트럭을 타고 집으로 와버렸다. 저녁에 남편과 대판 싸울 각오였다. 남편은 애쓰게 농사를 짓는답시고 해봐야 나날이 빚만 더 늘어났기 때문이다. 그 빚은 오롯이 자신의 몫이라 이판사판 결판을 내고야 말겠다는 명자였다. 요즘 비료값, 농약값, 인건비가 좀 많이 올랐는가. 아무리 농사를 지어봐야 이익은커녕 손해 보기 일쑤인데 남편은 왜 그토록 미련한 짓만 골라서 하는지 명자는 속이 터져 죽을 지경이었다.

때마침 오빠 일을 돕던 딸 수미가 집 안으로 들어

오자 명자는 딸을 붙잡고는 한바탕 남편에 대한 불만을 터뜨렸다. 그런데 별안간 딸이 목에 핏대를 높여 소리를 질렀다. 엄마, 그러게 왜 아빠 물건을 샀어? 손해 보는 장사라면 애초 사지 말았어야지. 아빠 물건을 사 놓고 그게 돈이 안 되니까 지금 아빠를 원망하고 욕을 하고 있잖아? 어디 이게 한 두 번이야? 딸이 두 눈을 부릅뜨고는 금방 엄마한테 덤벼들 태세로 돌변하자 명자는 딸까지 싸잡아 한바탕 욕지거리를 내지르곤 홧김에 집을 나와버렸다.

말을 멈춘 명자의 눈에 물기로 가득 번져 있다. 희선은 그 어떤 말로도 명자를 위로해줄 수가 없어 가슴이 저릿저릿 아려왔다. 명자의 얼굴에는 핏기가 없다. 명자는 평생 트럭을 몰면서 장사해 가족들을 먹여 살렸다. 밭에서 작업한 배추나 양파, 당근, 대파 등을 트럭에 잔뜩 실어 공판장으로, 마트로, 재래시장으로, 식당 거래처로, 종일 바쁘게 뛰어다녔다. 그 남편은 명자에게 평생을 소에 굴레를 씌워 멍에 같은 무거운 짐을 짊어지게 한 아주 몹쓸 인간이었다.

희선은 명자의 남편만 생각할 때면 부르르 치가 떨

렸다. 명자의 남편은 곱디고운 꽃다운 나이였던 명자를 물건처럼 갖겠다고 무자비하게 성폭행하곤 도망갈 수 없게 철저히 감시했다. 만약 명자가 도망가면 가족까지 살해하겠다고 위협했다는 말을 처음 들었을 때, 희선은 커다란 망치로 정수리를 세게 맞은 듯한 심한 충격을 받았다. 명자의 남편이란 작자가 사람 탈만 썼을 뿐 그자가 어디 인간인가. 그런데도 명자는 그런 남편에게서 좀처럼 빠져나오지 못하고 있었다. 아니면 자신도 모르게 그 삶에 길들어져 그게 덫인지도 모르고 살아온 건 아니었을까. 그렇지 않고서야 어찌 그토록 미련스럽고도 비참한 삶을 살아갈 수 있단 말인가. 어쩜 이번 일이 오히려 명자에게는 절호의 기회인지도 모를 일이다.

희선은 두 주먹을 불끈 쥐며 명자를 똑바로 바라본다.

"명자야, 넌 충분히 혼자 살 수 있는 능력이 있어 그치?"

"물론이지!"

"그럼 앞으로 너 혼자 살면 안 될까? 넌 장사하니까

돈을 벌 수 있잖아, 안 그래?"

"그야 그렇지만…, 딸년이 항상 마음에 걸려서 말이야."

그 말에서 딸에 대한 어떤 원망이나 미움이 전혀 묻어나지 않자 희선은 명자의 마음을 다시 확인해 본다.

"네 딸이 널 내쫓았잖아. 그래도 그 딸이 마음에 걸린다고?"

"내 자식이잖아. 어미가 어찌 자식을 저버릴 수 있겠냐?"

희선은 고개를 절절 흔들며 혀를 찬다.

"쯧쯧, 넌 그래서 문제라니까. 이런 판국에도 딸 걱정이라니. 그나저나 네 딸은 왜 엄마를 쫓아냈는데?"

명자는 두 손을 모아 깍지를 낀 채 멀거니 희선을 바라본다.

"나도 몰라. 아무튼 그날 딸년이 문을 열어주지 않고 아예 들어올 수 없도록 비밀번호까지 바꿔버렸어. 내가 계속 전화하자 그게 귀찮은지 휴대폰까지 꺼버렸지 뭐야. 정말 미치고 팔짝 뛸 노릇이었지."

그 어투가 방금보다 훨씬 차갑고 거리감이 느껴지자

희선은 답답하다는 듯이 소파에서 벌떡 일어난다. 그러고는 피곤함이 묻어나는 목소리로 물어본다.

"그럼 그날 밤은 어디에서 잤어?"

"우리 집 1층 창고 방에서."

명자는 그 상황을 좀 더 구체적으로 말한다. 1층 상가 한쪽 구석에 작은 방 하나가 있는데 수미는 그 입구 현관문까지 잠가버렸다는 것이다. 원래는 잠그지 않던 문이었다. 하지만 미닫이 샤시 문이 너무 낡아서 살짝 위로 올려 옆으로 밀면 걸쇠가 열린다는 걸 명자는 알고 있었다. 하룻밤을 골방에서 겨우 보낸 명자는 날이 밝자마자 위층으로 올라가 현관문을 쾅쾅 두드렸다. 아무런 기척이 없었다. 남편은 새벽에 배를 타고 고향인 해남으로 가는 날이었다. 딸이 분명 집 안에 있는데도 일부러 현관문을 열어주지 않았다. 그제야 명자는 자신이 딸에게 쫓겨났다는 사실을 알고는 맥없이 바닥에 풀썩 주저앉고 말았다. 잠시 뒤 정신을 가다듬고는 부리나케 아들네 집으로 달려갔다.

명자가 일의 자초지종을 털어놓자, 아들 내외는 서로 의논하더니 이윽고 명자에게 당분간 장모님네 아파트에 가 있으라고 아들이 말했다. 남편과 사별한 장모가 아들네 집 근처 작은 평수의 아파트에서 살고 있었다. 며느리는 이참에 따로 살라고 강력하게 밀어붙이면서 그동안 시아버지에게 느꼈던 섭섭한 감정을 죄다 쏟아냈다. 손주들에게 언제 한번 따뜻하게 대해준 적이 있느냐며 노골적으로 콩가루 집안이라고 비난했다.

명자의 이야기를 들은 희선은 가슴이 무너져 내리는 것 같았다. 오죽했으면 며느리가 콩가루 집안이라고 했을까. 인생에서 진정한 가족이라는 게 대체 뭘까. 잠깐 생각에 잠기던 희선의 입술이 살짝 떨린다.

"네 딸과 남편에겐 지금껏 아무런 연락이 없는 거야?"

"으응."

"그럼 나중에라도 그들에게서 연락이 오면 넌 집으로 들어갈 거니?"

"처음엔 그러려고 생각했는데 지금은 아냐. 사돈이 사는 걸 보니까 그동안 내가 인생을 헛살아왔다는 것을 절실히 깨달았거든. 사돈은 요양보호사 일을 하면서도 살림을 어찌나 알뜰하게 사는지. 그걸 보면서 정말 내가 너무 창피하고 부끄러웠어. 난 솔직히 노후에 대해선 고민해 본 적이 없었거든. 항상 몸을 움직이면 돈을 만질 수 있었으니까. 한데 지금은 비상금이 겨우 5천만 원이 전부라니, 내가 생각해도 기가 찰 노릇이지 뭐야. 평생 장사하면서 그 돈밖에 없다는 게 말이 되냐고. 후유."

명자가 한숨을 내쉬자 희선의 눈에 물기로 속눈썹이 간질거린다. 명자의 인생이라는 게 왜 이토록 가슴 미어지도록 아프고 슬픈 것일까. 자기 딸을 원망하면서도 결코 원망할 수 없는 그 어미의 심정인들 오죽하겠는가. 명자가 얼마나 죽고 싶은 심정이면 조금 전, '죽여주는 여자' 영화 이야기를 다 꺼냈을까. 희선은 살이 에이듯 고통의 쓰라림을 느낀다.

"명자야, 지금 네 사정을 언니에게 말해봤어?"

"아니 딸에게 쫓겨났다는 걸 어떻게 쪽팔리게 말해? 그것도 아주 오랫동안 안부 전화도 안 해본 언닌데. 너라면 말할 수 있겠냐?"

"하긴. 그것도 그러네."

그 시각 휴대폰이 울리자 명자는 불안한 낯빛으로

얼른 전화를 받는다. 그러고는 희선에게 자기 아들에게서 걸려 온 전화라고 작은 소리로 속삭인다. 얼마 후 통화를 끝낸 명자가 아들이 지금 자기 집으로 오라고 해서 가봐야겠다고 한다. 나중에 방을 얻으면 연락해준다며 서둘러 나가자 희선도 곧장 그 뒤를 따른다.

명자가 재빨리 트럭에 올라타곤 차를 출발시키자 희선은 우두커니 선 채로 트럭 뒤꽁무니를 멀거니 바라본다. 지난 세월이 마치 어제 일처럼 희선의 머릿속에서 생생히 떠오른다.


어느 날 동창 모임에서 만난 명자는 별안간 드라이브하러 가자며 희선을 자신의 트럭 옆좌석에 태우고는 5·16 도로를 쌩쌩 내달렸다. 창밖으로 소슬한 가을바람이 불어왔다. 주위에는 울창한 나무에 매달린 나뭇잎들이 아름답기만 했다. 참으로 오랜만에 느껴보는 제주 가을의 정취가 물씬 묻어나는 햇살이 따사로운 화창한 날이었다.

그날 서귀포에서 칠십리축제 행사가 열리고 있었다. 매년 열리는 행사인데도 명자는 처음 와본다고 했다. 그만큼 일상의 삶에 쫓기며 살다가 보니 좀처럼 여유로운 시간이 없다면서 명자는 희선을 힐끗 바라보며 빙긋 웃었다.

칠십리 다리를 지나 행사 잔치 마당으로 들어서자 멍석에는 수북하게 놓인 곡식 껍질이 있고 도리깨도 있었다. 도리깨는 두 개의 나무로 이어졌다. 그 중간 부분이 잘 돌아가지 않으면 후려치는 것이 제대로 되지 않았다. 해녀인 명자 어머니는 물질하지 않을 때면 아버지와 함께 틈틈이 밭 농사일도 했다. 그래서 명자는 도리깨질을 잘한다며 멍석에 있는 곡식 껍질을 냅다 후려치기를 여러 번 반복했다. 하지만 희선은 도리깨를 후려쳐본 적이 없어서 마냥 신기한 듯 명자의 행동에 시선을 집중시켰다. 정말이지 명자는 못 하는 게 없었다. 그런 명자가 희선에게는 마치 용감한 용사처럼 느껴지기도 했다.

저쪽에는 제주민요 가락에 맞춰 물허벅을 짊어진 아낙들이 어깨춤을 덩실덩실 추며 넓게 주위를 맴돌고 있었다. 두 사람은 흥이 절로 나자 어깨춤을 추기도 하였다. 그 맞은편에선 아이들이 널뛰기에서 널을 뛰면서 놀았고, 어른들은 보릿고개 시절 유용하게 사용했던 맷돌에 시선을 고정한 채 저마다 추억을 더듬고 있었다.

도자기를 구워내는 손길, 민속공예 전통 초가집을 짓는 할아버지 손끝에서 만들어내는 예술품, 주최 측에서 마련한 메밀가루로 빚어내는 빙떡 등 지난 삶의 흔적이 축제 현장에서 고스란히 묻어났다. 제주만의 소중한 옛 문화가 풍요로운 가을 햇살과 더불어 은은하게 퍼져나갔다. 희선은 그처럼 감격스러울 수가 없었다. 둘은 '기원터' 앞에서 돌 하나를 집어 들곤 돌담 위로 갖다 놓으며 각자 집안의 번영과 가정의 안녕을 기원하기도 했다.

그 위쪽에는 큰 바위 얼굴이 있었다. 밤에 불빛을 받으면 그 얼굴이 선명하게 드러난다고 명자가 말했다. 잠시 뒤 '기원의 다리와 삼복상'이 있는 다리 중간쯤에서 두 사람의 발길이 멈췄다. 그때 명자가 입가에 미소를 지으며 말했다. 희선아, 우리 여기에서 서로 원하는 걸 빌어볼까? 희선도 입가에 웃음을 띠며 고개를 끄덕였다. 그러자 명자는 곧장 두 손을 모아 혼잣말로 중얼거렸다. "제발 제가 부자로 살 수 있도록 도와주세요." 얼핏 그 말을 들은 희선은 그 이유를 물어보았다. 명자는 잠시 우물쭈물 망설이다가 이내 슬픈 표정을 지었다. 그러고는 자신이 부자가 되어야만 남편에게서 벗어날 수 있다고 힘없이 대답했다.

이미 명자의 비밀을 알아버린 희선은 그 어떤 말조차도 꺼낼 수가 없었다. 끔찍한 고통의 기억을 안고 평생을 살아가는 명자에게 자신이 해줄 수 있는 일은 아무것도 없었다. 가슴이 먹먹해진 희선은 명자의 두 손을 힘주어 잡았다. 명자야, 이제부터는 혼자 끙끙 가슴앓이하지 말고 힘든 일이 있을 때면 언제든지 내게 말해. 그럼 고통도 절반으로 줄어들잖아. 그리고 나도 방금 네가 부자가 되게 해달라고 기원했어. 희선의 말에 명자는 살짝 얼굴을 붉히며 씩 웃었다.

그 아래쪽으로 삼복을 상징하는 세 개의 동물상이 눈에 띄었다. 그곳에서 소원을 빌면 세 가지 복이 이뤄진다는 전설이 있었다. 원앙상(사랑), 잉어상(입신출세), 거북상(장수)을 뜻하는 형상들이 널찍한 돌 위에 있었다. 사람들은 동전을 그 앞으로 던졌다. 희선과 명자도 동전을 던지며 각자 소원을 빌었다. 명자는 역시 부자가 되는 것이었고, 희선은 그런 명자가 제발 행복하게 살 수 있도록 해달라고 빌고 또 빌었다.

근처에는 떼배(일명 테우, 터위, 터배)라고 불리는 배도 있었다. 폭포로 들어가는 입구에는 눈에 익은 팽나무, 담팔수, 후박나무 등 많은 나무가 즐비하게 늘어서 있었다. 그 길을 따라 백 미터 정도 더 올라가다 보니 천지연폭포가 한눈에 들어왔다. 한라산 물줄기를 타고 시원하게 쏟아지는 폭포수였다. 명자가 잠깐 걸음을 멈추고는 희선을 바라보았다. 희선아, 고향이 제주도라서 참 좋지? 희선은 대답 대신 고개를 크게 끄덕였다.

건너편은 제주의 전통 가옥에서 대문 역할을 했던 정낭이 있었다. 집안에 사람이 있는지 그 유무를 정낭으로 알려주었다. 추억의 정낭과 만나자 희선은 나중에 자신이 정원이 딸린 전원주택에 살게 된다면 반드시 정낭을 갖다 놓겠다고 생각했다. 하지만 몇 년 후, 희선은 정말로 마당 넓은 전원주택에서 살게 되었지만, 정녕 정낭은 갖다 놓을 수가 없었다. 남편은 그걸 갖다 놓으면 주차할 공간이 없다면서 절대적으로 희선의 의견을 반대했다.

그렇게 매사에 자기 뜻을 굳히지 않던 남편은 지금 저세상 사람이 되어버렸고, 자신도 어느새 늙은이가 되어 있다. 강물처럼 흐르는 세월을 그 누가 잡을 수 있단 말인가. 희선은 씁쓸하게 미소를 지으며 돌아선다.

2

반쯤 열린 차창으로 날카로운 햇살이 새어 들어오고 있다. 명자는 도로에서 북쪽 바다가 보이는 쪽을 향해 직진한다. 아들네 집이 점점 다가올수록 마음은 온통 먹구름으로 자욱해진다. 명자는 곱씹어 생각해 볼수록 자신에게 화가 나고 너무 억울하고 분하고 슬퍼서 내부에서 소리 없는 울분이 하염없이 쏟아져 나온다. 사람이 한번 공포감을 느끼게 되면 그 공포감을 떨쳐내기 위해 무언가를 해야만 한다. 하지만 자신은 아무엇도 할 수가 없다. 이럴 때일수록 바짝 정신을 차려 앞으로 살아갈 길을 찾아야 하는데도 지금으로선 그 어떤 방도가 없다는 것 자체가 몹시 두렵기만 하다. 자신이 마치 심한 충격으로 갑자기 치매라도 걸린 듯한 참담한 기분이다. 마음이 이럴진대 아들네 집에 가본들 별 뾰족한 수가 있겠는가. 명자는 푹푹 깊은 한숨만을 내쉰다.

거리는 너무나도 텅 비어 있다. 며칠 전까지만 해도 자신은 서쪽이 아닌 그 반대편인 동쪽 마을에 살고 있었다. 그런데 이제 낯선 서쪽 마을에서 정처 없는 나그네처럼 떠돌고 있다. 자신의 처지가 이렇게 하루아침에 절망의 나락에 떨어질 줄이야…. 명자는 이게 현실이 아닌 악몽을 꾸고 있는 듯하다. 아니 당장이라도 수미가 헤헤 웃으며 엄마 뭐해? 하고 휴대전화로 물어올 것만 같다. 수미는 왜 엄마를 내쫓았을까? 그토록 엄마가 싫었을까? 무엇 때문에 그렇게까지 모질게 해야만 했을까? 도대체 왜? 명자는 그토록 딸이 원망스러우면서도 한편으론 그 이유만이라도 진정으로 알고 싶어진다.

하루 이틀 시간이 흐를수록 명자는 자기 앞에 놓인 삶이 무섭고도 냉혹하게만 느껴진다. 노후를 준비하지 못한 탓에 더 그런지도 모른다. 그나마 지금은 장사에서 손을 완전히 놓지 않고 있으니 그럭저럭 먹고사는 데는 크게 염려될 것은 없다. 하지만 그게 언제까지 버텨줄지도 모르는 일이기에 걱정은 점점 늘어만 간다. 명자는 문득 희선의 삶이 부러워진다. 알뜰한 살림꾼인 희선은 남편이 남긴 연금도 있고 자신의 국민연금도 받고 있다. 어디 그뿐인가. 채권도 있고, 남편이 생전에 모아놓은 달러도 꽤나 있다는 말도 언젠가 얼핏 들은 바가 있다. 희선은 그것들을 노후생활에 든든한 보험처럼 갖고 있었다. 사실 그때까지만 해도 명자는 희선의 이런 삶이 전혀 부럽진 않았다. 돈이라면 자신도 충분히 벌 수 있다고 생각했으니까. 그런데 지금 상황은 어떤가. 명자는 주르륵 흘러내리는 눈물을 손등으로 닦아내며 애써 치밀어 오르는 서러움과 고통을 누그러뜨린다.

저만치 바다가 보이는 맞은편, 낯익은 하얀색 페인트가 칠해진 대문이 시야로 들어온다. 명자는 그 골목

안쪽 담벼락 옆으로 트럭을 세우곤 룸미러를 힐끗 바라본다. 얼굴이 병자처럼 초췌하다. 명자는 손바닥으로 얼굴을 싹싹 문지르곤 손가락으로 파마가 풀린 머리카락을 대충 정리해 본다. 그때 저쪽 집 앞 공터에 광채가 번쩍이는 흰색 승용차가 유독 눈에 띈다. 평소 명자가 갖고 싶었던 승용차라서 더 눈길이 쏠렸는지도 모른다.

트럭에서 내린 명자는 아들네 집 대문 앞에서 잠시 서성이다가 이윽고 벨을 누른다. 잠시 뒤 아들 내외가 현관 밖으로 나온다. 그 뒤로 쪼르르 쫓아온 쌍둥이 손자와 손녀가 열린 대문으로 얼굴을 삐죽 내밀고는 참새처럼 쫑알거린다.

"할머니 왜 수미 고모는 안 데리고 왔어요?"

뜬금없는 쌍둥이들의 물음에 명자의 얼굴이 금세 딱딱하게 굳어진다.

"아아, 오늘은 그냥 할머니만 왔어."

"에이. 수미 고모가 많이 보고 싶은데…"

그 말에 눈치 빠른 며느리가 재빨리 쌍둥이들을 데리고 먼저 집 안으로 들어가며 빠르게 말을 한다.

"어머님, 전 아이들이랑 다락방에서 놀고 있을 테니까 애들 아빠랑 말씀 좀 나누고 계세요."

명자는 건성으로 집안을 휘이 둘러보고는 아들과 함께 소파에 나란히 앉는다. 아들 형민은 뭔가 못마땅한 듯 명자를 힐끔힐끔 쳐다보자 기분이 언짢아진 명자가 미간을 찡그리며 먼저 말을 꺼낸다.

"형민아, 너한테도 아무 말이 없냐? 네 동생 말이다."

"엄마도 참. 그 애 성격 몰라서 그래요? 내가 먼저 엄마 얘기를 꺼냈다간 분명 토라져서 하던 일도 당장 그만둘걸요. 그런 애한테 제가 어떻게 말을 붙이겠어요?"

"그럼 넌 엄마 걱정보다 수미의 심기 건드리게 될까 봐 여태까지 입을 꾹 다물고 있었단 말이냐?"

"어쨌든 지금은 서로가 생각할 시간이 좀 필요하잖아요. 괜히 둘 사이에 내가 끼어들었다간 서로에게 득이 될 게 하나도 없다고요. 또 저도 거래처 물건 대주기 바빠서 수미가 그 일을 도와주지 않으면 정말 곤란한 상황이고요. 그래서 지금 입 벙긋 못하고 있으니 엄마가 좀 이해를 해주세요. 더구나 밭에서 작업하는 아줌마들도 이틀 동안 쉰다고 나오지 않고 있단 말이에요. 이런 판국에 수미를 잘못 건드렸다간 제가 장사를 못 할 판이라니까요.

형민이 근심 어린 표정을 짓자 명자의 얼굴이 금세 슬픔으로 일그러진다. 아들은 자기 장사를 위해 수미를 감싸면서 엄마에게는 그저 참으라고만 말하자 명자는 그런 아들의 태도가 몹시도 섭섭하고 서운하게 느껴진다. 형민은 다시 말을 잇는다.

"그리고 지금 집사람과 제가 엄마가 지낼 방을 알아보고 있으니까 그때까지만 장모님과 함께 지내세요. 어차피 일이 이렇게 된 거 엄마도 수미하고 얼굴 부딪치면서 한 공간에서 살 순 없잖아요. 그나저나 엄마, 혹시 가진 돈은 얼마나 돼요?"

순간 명자의 가슴이 덜컹 내려앉는다. 이건 또 웬 수작이란 말인가. 그때 며느리가 잠깐 아래층으로 내려와 믹스커피 한잔을 타서 명자에게 내밀고는 도로 쏜살같이 다락으로 올라간다. 형민은 명자의 눈치를 이리저리 살피다가 잠시 끊겼던 말을 다시 이어간다.

"우리도 엄마한테 가진 돈이 얼마나 있는지 알아야

그 돈에 맞게 방을 구할 게 아니에요. 그러니 어서 말해봐요? 네?"

명자는 순간적으로 뼈가 몸에서 둥둥 떨어져 나가는 듯한 고통을 느낀다. 언제까지 아들놈은 그놈의 돈타령만 할 것인가. 명자는 형민이 돈 얘기를 꺼낼 때마다 심장이 바짝 오그라들었다. 이윽고 커피를 다 마신 명자가 아들을 샐쭉 날카롭게 흘겨본다.

"돈? 돈이라니?"

형민은 답답하다는 듯이 벌떡 소파에서 일어나며 목소리를 높여 말한다.

"아이참, 아무래도 돈이 많으면 사글셋방보다는 전세가 낫지 않겠어요?"

그 말에 명자는 하도 기가 막혀서 혀를 끌끌 찬다.

"쯧쯧, 얘는 내가 무슨 돈이 있다고 그러냐?"

"아이고 그렇게 내빼지만 마시고 솔직히 말해보라니까요?"

아들이 돈에 대해 꼬치꼬치 캐묻자 명자는 비상금을 잘 보관해야 한다는 희선의 말이 언뜻 떠오른다. 그동안 아들에게 뜯긴 돈만 해도 얼마인가. 서울에서 직장을 다닐 때는 생활비가 부족하다기에 다달이 돈을 입금해 줬다. 나중에는 적당한 오피스텔이라도 하나 장만하라고 돈을 보냈더니 아들놈은 그 돈으로 주식에 투자했다가 몽땅 날려버렸다. 그 후에도 형민은 주식 투자에 좀처럼 관심을 버리지 못하다가 몇 년 후, 쌍둥이가 태어나서야 겨우 정신을 차렸다. 하지만 생활비는 전보다 훨씬 더 많이 들어갔다. 그 바람에 아들네가 도저히 생활하기가 힘들어지자 명자는 고심 끝에 아들에게 직장을 그만두고 제주에 내려와 자기처럼 장사하라고 설득하기 시작했다. 어차피 직장 생활을 해봐야 그 월급으론 평생 마이너스 인생에서 벗어날 수 없으니 차라리 엄마한테 장사를 배워 장사꾼이 되라고 말이다.

그 무렵 형민은 제약회사에 근무하고 있었다. 주 업무가 거래처 손님들을 접대하는 영업직 과장이라 업무상 술을 마시는 게 거의 일상이었다. 그러다 보니 몸은 늘 피곤했고 스트레스 또한 많이 쌓였다. 급기야는 점점 쌓인 피로가 누적되면서 어느 날 목구멍에서 붉은 피까지 왈칵 쏟아지는 사태까지 벌어졌다. 더럭 겁을 집어먹은 형민은 회사에 사표를 내던지고는 가족들을 데리고 제주로 내려오게 되었다.

명자는 아들이 자기 밑에서 장사를 배우며 차츰차츰 자리를 잡아가자 그동안 꿍쳐놓았던 목돈을 턱 하니 내놓았다. 그 돈으로 지금의 아들네 집을 짓게 되었다. 그 후에도 명자는 아들이 자립할 때까지 금전적인 지원을 해주다 보니 어느 순간 모아둔 돈이 다 바닥이나 버렸다. 그런데도 형민은 엄마를 볼 때면 매번 돈이 있는 줄로만 알고 있었다. 그렇게 아들이 돈 말을 꺼낼 때면 명자는 자라 보고 놀란 가슴 솥뚜껑 보고 놀란 듯이 깜짝깜짝 놀랐다. 때마침 명자의 머릿속에 석 달전, 아들이 대파를 밭떼기로 사겠다며 자신에게 천만 원을 빌려 간 게 퍼뜩 생각나자 어렵사리 입을 뗀다.

"형민아, 지금 엄마한테 정말 돈이 없거든. 그래서 하는 말인데 저번 네가 물건 산다고 나한테 빌려 간 천만 원, 그 돈으로 일단 방을 얻어주면 안 되겠니?"

"아니, 엄마는 그동안 장사하면서 돈도 모아두지 않고 대체 뭐 했어요? 평생 장사만 했잖아요. 가진 돈이 없다니요? 난 그래도 엄마한테 아무리 없어도 비상금으로 2억 정도는 있는 줄 알았는데…. 아아 그러지 말고 솔직히 털어놔 봐요. 엄마한테 숨겨놓은 돈이 있다고 해도 이젠 절대 돈을 달라고 하지 않을 테니까요, 네?"

명자는 그만 가슴이 먹먹해지면서 참담한 기분에 사로잡히고 만다. 그동안 자기 등에 빨대를 꽂은 놈이 누군데 다시 또 돈타령이란 말인가. 명자는 말문이 막혔다. 더욱이 아들놈은 엄마에게 모아놓은 돈이 있을 것이라며 그 돈의 정체를 마치 수사관처럼 꼬치꼬치 캐묻고 있는 게 아닌가. 왕창 열 받은 명자가 큰소리로 아들을 호통친다.

"이놈아! 네 놈이 지금 제정신이야? 이 늙은 어미가 무슨 은행인 줄 알아? 여태껏 네 아빠 빚 갚아줘, 집안 생활비 대줘, 또 네가 그동안 엄마한테 갖고 간 돈이 얼마인 줄이나 알기나 하고 하는 소리야? 2억 같은 소리 하고 있네. 2억이 누구네 집 개 이름이냐?"

"어휴, 또 또 그 소리! 이제 제발 그만 해요. 듣기만 해도 귀가 따가울 지경이라니까요. 아아, 알았어요, 알았어. 그럼 당장 그 돈 갚으면 될 게 아녀요."

형민은 자존심이 무척 상한 듯 뿌로통히 말하고는

일단은 그 돈으로 방 보증금을 할 테니 사글세는 엄마 돈으로 내라고 퉁명스럽게 말한다. 그러고는 다시 소파에 얌전히 앉으며 명자를 바라본다.

"엄마, 내가 아버지 고향 땅 3천 평을 온전히 물려받아야 하니 괜히 아버지 성질을 건드리지 마요. 자칫 잘못했다간 예전처럼 그 땅도 다른 사람 손에 넘어갈 수도 있으니까요."

형민은 어느 때 없이 엄격한 표정으로 명자를 똑바로 보며 단호히 말한다.

"그리고 엄마, 이혼만은 절대 안 돼요! 또 엄마 입에서 먼저 이혼 말이 나오면 제가 물려받을 아버지 땅이 다른 친척분에게 넘어갈지도 모르니까 내 말 꼭 명심해요!"

그 말에 지난날의 깊은 상처가 명자의 가슴에서 한꺼번에 되살아난다. 그러니까 서귀포시 대정읍 구억리에 영어교육도시가 들어서기 오래전의 일이었다. 당시엔 땅값이 아주 저렴해서 명자는 그 주변 과수원 900평을 계약금으로 치르고 매매 계약서를 작성했다. 그리고 한 달 후, 잔금을 치르던 날이었다. 그 땅에 전혀 관심이 없다던 남편이 그날 명자를 따라왔다. 그런데 명자가 잠깐 자리를 비운 사이 남편은 땅 주인과 이런저런 이야기를 나누다가 별안간 엉뚱한 짓을 저지르고 말았다. 일단 자기 아내가 땅을 매입하되 나중에라도 당신이 돈이 마련되면 도로 그 땅을 가져가라고 했다. 땅을 파는 주인은 육 개월이면 그 돈이 마련된다고 했고 남편은 그때까지 명의 이전 없이 그대로 두겠다고 약속해버렸다. 명자의 쌈짓돈을 중간에서 가로채려는 꼼수였다.

집으로 돌아온 명자는 미친놈이 해괴망측한 짓을 했다며 남편에게 덤벼들었다. 두 사람은 거실에서 사투를 벌일 정도로 크게 싸웠다. 서로 치고받고 싸우다가 마침내 명자가 죽여라, 죽여, 소리를 치자 남편이 오냐, 죽여 주지, 했다. 어느 틈에 남편에게 무지막지한 구타를 당한 명자는 이를 부득부득 갈면서 몸을 부르르 떨었다. 그러곤 숨을 씩씩거리며 부엌에서 칼을 들고 와 당장 남편을 찔러 죽이겠다는 태세로 돌변했다. 오늘 너 죽고 나 죽는 거야! 명자가 광기에 젖어 있는 눈빛으로 헝클어진 머리칼을 뒤로 넘기며 칼을 들이대자 남편은 꿈쩍도 안 한 채로 명자를 미친년 쳐다보듯 두 눈을 부릅떴다. 감히 네가 날 죽인다고? 어디 한번 찔러보시지? 그때 자기 방에 있던 아들이 거실로 뛰어나와 명자 허리를 와락 붙잡았다. 엄마 이러면 안 돼요! 비명과도 같은 아들의 소리에 명자는 그제야 정신이 번쩍 났다. 남편은 코웃음을 치며 빈정거렸다. 흐흐흐, 네년이 그 칼로 날 죽일 수 있다고 생각해? 그 전에 네년 팔목부터 부러질걸. 명자는 악! 외마디 비명을 지르며 식탁에 냅다 날카로운 칼날을 내리꽂았다. 그러고는 거실에 털썩 주저앉아 손바닥으로 바닥을 탁탁 치며 대성통곡을 하기 시작했다. 명자는 끝내 무지몽매한 남편의 고집을 꺾을 수가 없었다.

　몇 달이 지나자 원래 땅 주인에게서 연락이 왔다. 자기네는 도저히 과수원을 도로 가져갈 돈을 마련할 수 없으니 그냥 이전해가라는 통보였다. 그런데도 남편은 명자가 순순히 이전할 수 없게 갖은 훼방을 다 놓았다. 그 때문에 일이 차일피일 미뤄지다 보니 어느 순간 그 땅은 등기상 주인의 빚으로 경매에 넘어가고 말았다. 그런데도 남편은 심드렁한 표정으로 말했다. 사람이 살아가는데 집 한 채만 있으면 되고 그 외 것은 전혀 필요가 없다니까. 그러자 명자가 남편을 무섭게 쏘아보며 한마디 툭 내뱉었다. 넌 정신병자야! 세상에 너 같은 바보 등신은 없어! 너 같은 인간과 같이 사는 내가 미친년이지. 그 후 세월이 많이 흐르자 그 과수원 일대가 마침내 영어교육도시로 개발이 되면서 땅값은 천정부지로 치솟기 시작했다. 그제야 명자는 그때 자신이 더 강력하게 밀어붙이지 못한 것을 못내 후회하며 남편을 한없이 원망했다.

형민은 그렇게 허망하게 땅을 잃어버린 사실을 너무나 잘 알고 있다. 당시 그 땅만 갖고 있었더라면 자신도 부모덕에 잘 살 수도 있을 터다. 한데 아버지의 어리석음 때문에 행운의 기회를 놓쳐버린 게 무엇보다 아쉬움으로 남았다. 그 일로 인해 형민은 아버지를 신뢰할 수도, 믿을 수도 없게 되었다. 언제 어떻게 돌발적인 행동으로 나올지 몰랐기 때문이다. 그러니 자신이 매사 아버지를 잘 관리할 수밖에 별도리가 없다.

그런 거 보면 자신은 엄마의 유전자를 닮아서 다행이라고 형민은 생각한다. 엄마 성격 닮아서 행동과 눈치가 빠르고 넉살도 좋아 장사도 그럭저럭 잘하는 편이다. 하지만 수미는 영락없이 아버지 성격을 빼닮았다. 아버지처럼 쓸데없는 고집이 엄청나게 세다. 그래서인지 여태 남자친구를 사귀어보지도 못했고 결혼에도 통 관심이 없었다.

형민이 회사를 그만두고 본격적으로 대파 장사를 시작하게 되자, 수미는 자발적으로 오빠의 일을 돕게 되었다. 그 외 시간은 주로 자기 방에 틀어박혀 컴퓨터를 하며 일상을 보냈다. 그러다가 조카 쌍둥이들이 찾아오면 여간 살갑게 대하는 게 아니었다. 형민은 그런 수미를 볼 때마다 늘 안쓰럽고 걱정이 되었다. 그러다가 어느 날 형민은 부모님에게 수미의 몫으로 물려줄 재산에 관해 노골적으로 거론했다. 아버지 명의로 된 아래층 상가와 위층 살림집을 수미에게 넘겨줘야 한다고 진지한 태도로 말했다. 그래야 수미가 부모가 세상을 떠나도 혼자 살아갈 수 있다고 부모님을 설득하고 또 설득했다. 그 문제로 몇 날 며칠을 고민하던 명자와 남편은 끝내 형민의 의견에 동의하고 말았다. 그리하여 다세대 지상층과 2층은 명의 이전만 되지 않았을 뿐 사실상 수미 몫이나 다름없었다. 그 사실을 잘 알고 있는 수미는 오빠의 일이라면 물불 안 가리고 어떤 일이든 열심히 도왔다. 수미에게 오빠는 마치 강력한 힘을 가진 신 같은 존재처럼 느껴졌기 때문이다.

명자는 막상 자신이 빈털터리가 되고 보니 자식들도 다 필요가 없다는 것을 뒤늦게 깨달았다. 이 순간에도 아들은 엄마보다는 수미를 더 챙기고 있고 또 남편의 땅을 물려받기 위한 철저한 자기만의 계산방식만 취하고 있다. 명자는 아들놈이 눈치라곤 쥐똥만큼도 없다고 속으로 중얼거린다. 한참 동안 입을 굳게 다물고 있던 명자가 간신히 입술을 달싹인다.

"내가 다 늙어서 무슨 이혼을 하겠냐? 난 졸혼이면 족하다. 네 아버지가 더 이상 날 찾지 않기만을 바랄 뿐이야. 네 아버지 나이도 이제 칠십 중반이다. 작년에 몸이 얼마나 많이 아팠느냐. 다시 또 그때처럼 아플지도 모르는 일이다. 혹여 아버지가 병으로 자리에 눕게 된다면 난 절대 돌보지 않을 테니 그 문제는 네가 알아서 해줬으면 좋겠구나."

"그건 걱정하지 마요. 그때가 되면 제가 알아서 요

양병원으로 보낼 테니까요. 엄마는 지금처럼 장사나 열심히 하면서 살면 돼요. 수미는 제가 언제 기회를 봐서 엄마한테 왜 그랬는지를 물어볼게요. 그 애도 무턱대고 그러진 않았을 거예요. 분명 우리가 모르는 자기만의 이유가 있었을 테니까요."

그 말에 가슴이 미어지는 듯 아픔을 느낀 명자는 아무도 없는 구석에서 맘껏 울고 싶어진다. 자신은 대체 무얼 원하면서 이 세상을 살아왔던가. 정녕 자식들 때문이지 않은가. 남편의 굴레에서 벗어날 수 있음에도 불구하고 오직 자식들 때문에 떠나지 못한 채 속을 끓이며 살아온 한 많은 인생이었다. 그런데 결국 이런 초라한 몰골을 보이려고 그토록 오랜 세월 남편에게 모멸감을 견디며 참고 살아왔단 말인가. 그때는 자식들이 인생의 전부인 줄로만 알았다. 하지만 이제 자식들은 점점 자신으로부터 멀어지고 있다. 그렇다고 자식들을 원망할 수도 미워할 수도 없다. 명자는 무어라 형언할 수 없는 삶의 허무를 느낀다. 형민은 이런 엄마의 마음을 잘 알고 있다는 듯이 명자의 두 손을 잡으며 다정한 목소리로 말한다.

"엄마도 알다시피 수미가 그렇게 막 나가는 나쁜 애는 아니잖아요. 그놈의 고약한 성질머리 탓이지. 꼭 아빠 닮아서요. 청개구리 심보 말이에요."

"그날 아무리 내가 짜증을 내고 화풀이를 저한테 했다고 해도 그렇지, 어디 엄마한테 그럴 수가 있니? 그 앤 아마 자기가 엄마한테 무슨 짓을 했는지조차도 모르고 있을 거야."

명자의 두 눈이 금세 서러운 눈물로 반짝인다. 형민은 난처한 표정으로 시선을 들어 허공을 보며 길게 한숨을 내쉰다.

"걔가 좀 부족한 건 엄마도 잘 알잖아요. 그래서 제가 누누이 시집 보낼 생각하지 말라고 했던 거고요. 수미는 남자 잘못 만나면 온전하게 살지 못해요. 결혼하는 순간 맞아 죽던지, 폭행당해 몸이 병신이 되든지 할 거라고요. 키도 크고 얼굴이 예쁘니까 여기저기서 혼처는 들어오겠지만요. 어쩌겠어요, 가족인 우리가 수미를 보호해 주면서 살아야죠. 안 그래요?"

"하긴 그년도 내 속으로 낳은 자식이니까. 이 어미가 죽기 전까지는 가슴에 품고 살아야지. 후유-"

"너무 속상해하지 마요. 때가 되면 모든 일이 잘 풀리겠죠, 뭐. 그때까지만 엄마도 참고 기다려봐요. 그리고 엄마도 이제부터 돈 좀 모아두면서 살아요. 남은 노후 걱정도 하셔야죠. 요즘 자식 믿고 사는 시대는 아니잖아요. 솔직히 말해서 저도 엄마 일까지 신경 쓸 만큼 시간도 경제적인 여유도 없단 말이에요."

그 말에 비위가 뒤틀린 명자가 목소리를 높인다.

"나 참. 지금 누가 누굴 걱정하는지 모르겠구나. 이 엄마 걱정하지 말고 너나 네 가족 잘 챙기면서 정신 똑바로 차리고 살아라."

명자가 곁눈으로 아들을 흘겨보자 형민은 잡고 있던 엄마 손을 슬그머니 놓아버린다. 그나저나 명자는 이렇게라도 아들에게 속을 털고 보니 꽉 막혔던 속이 좀 풀리는 듯했다. 아들의 말을 들어보니 그 말에 일리가 없는 것은 아니었다.

사실 수미는 어릴 때부터 말수가 적고 혼자 방에서 틀어 박혀 지내는 걸 좋아했다. 나이 서른이 지나서부터는 가족이 없을 때만 밥을 혼자 먹는 습관도 생겼다. 명자는 수미가 어렸을 땐 혹시 자폐증이 아닐까, 하고 염려하기도 했다. 하지만 동네 병원 의사는 아니라고 했다. 명자는 수미를 이곳저곳을 데리고 다니면서 돈도 꽤 낭비했다. 절집을 찾아가 스님에게 기도를 올려달라며 보시도 많이 했고, 무당한테 딸을 위해 빌어달라며 큰돈을 내놓기도 했다. 하지만 아무런 소용이 없었다.

어쩌면 정신적인 충격 때문일 수도 있다고 생각했다. 어느 하루, 수미는 아빠가 바람을 피운 사실을 알고는 아빠를 마치 더러운 존재처럼 여겼다. 그래도 남편은 자기를 닮은 딸을 크게 나무라진 않았다. 하지만 부녀 관계는 좀처럼 좋아지지 않았다. 언젠가 수미는 아빠가 너무 싫다며 방을 얻어 따로 나가서 살고 싶다고 했다. 그랬던 수미가 이번 엄마를 내쫓아내는 일에는 남편과 뜻을 하나로 모았다는 게 명자로선 도무지 이해할 수가 없었다.

뒤늦게 꽁꽁 갇힌 가정이라는 울타리에서 벗어나자 명자는 지난날 자기가 살아왔던 삶이 확연히 보였다. 집에서 쫓겨나기 전까지는 가족의 테두리가 세상 전부라고 여기며 살아왔다. 아무리 몸이 고달프고 지쳐도 아침에 눈을 뜨면 어김없이 트럭을 몰고 장사를 나갔다. 다람쥐 쳇바퀴 같은 반복적인 삶에서 평생을 우물 안 개구리처럼 살아왔다. 그 때문에 어리석음에서 벗어나지 못해 지인들에게 돈을 뜯겼는지도 몰랐다. 미련한 남편과 살다가 보니 자신도 어느 순간 자존감이 바닥으로 떨어지면서 미련스럽게 살아온 것이었다. 명자는 이게 다 자신의 기구한 운명 탓으로 돌리며 아들네 집에서 성큼성큼 걸어서 나온다.

어느새 붉은 해는 서편으로 기울고 있다. 저쪽 방파제 너머로 출렁이는 시퍼런 바다가 보이자 명자는 그쪽으로 발길은 향한다. 한때 바다는 자신에게 기쁨과 희망을 주었던 적도 있었다. 해녀였던 친정어머니는 가족들의 끼니를 걱정하며 그 옛날부터 물옷을 입고 거침없이 시퍼런 바다에 뛰어들었다. 명자도 초등학교 3학년이 되자 어머니한테 물질을 배워 얕은 물에서 미역을 채취하며 바다를 놀이터로 삼아 놀았다. 그러다가 보니 자연히 자신도 어머니를 따라 해녀가 되었다. 명자는 그 시절의 아련한 추억을 떠올리며 방파제 층계참에 앉아본다.

그 옛날 바닷가 근처에 살던 아이들은 초등학교에 들어갈 나이가 되면 너나없이 물질을 배웠다. 그렇게 재미 삼아 시작하게 된 물질로 미역을 따서 그걸로 필요한 학용품과 바꿔오기도 하고 더러는 사탕하고도 바꿔서 먹곤 했다. 그것에 대해선 어머니도 뭐라 간섭하지 않았다. 때로는 땔감을 구하지 못해 바다에서 올라온 해조류를 건져 말려 그걸 나무 대신 불을 때기도 하였다. 정말이지 아득한 보릿고개 시절이었다.

그 당시 언니는 바다를 무서워해서 어머니는 언니에게 물질을 배우라는 말을 하지 않았다. 고등학교를 졸업한 언니는 곧바로 부산으로 나가 직장을 다녔다. 그 무렵 명자는 물질하다가 하필이면 삼발이 사이에 있는 멍게가 있는 걸 보고 그걸 작업하려다가 그만 삼발이 밧줄에 오리발이 묶이는 사고를 당하고 말았다. 아무리 발버둥을 쳐봐도 좀처럼 빠져나올 수 없는 무시무시한 올가미였다. 머리가 물 위로 올라올 수 없었기에 밖에서는 자신의 긴박한 상황을 전혀 몰랐다. 그때 이상한 낌새를 알아차렸는지 다른 해녀가 재빨리 다가와 오리발에 묶인 밧줄을 벗겨내려고 애썼다. 하지만 꼬인 줄을 쉽사리 풀진 못했다. 때마침 근처에서 물질하던 어머니가 다급하게 물살을 가르며 달려왔다. 어머니는 꼿꼿이 서서 죽어가는 명자의 허리를 와락 끌어안고는 다급하게 오리발을 벗겨냈다. 그런 다음 밧줄을 발목에서 벗기고 명자의 옷을 찢고 계속 가슴을 때리며 정신을 차리라고 소리를 질렀다. 따귀도 사정없이 때렸다. 겨우 뭍으로 올라온 명자는 그제야 입에서 하얀 거품을 왈칵 뱉어냈다. 그래도 어머니가 계속해서 명자의 가슴을 내리치자 마침내 입안에서 바닷물이 분수처럼 쫙 뿜어져 나왔다. 곧장 병원으로 실려 간 명자는 며칠 동안 병원에 입원하고는 이윽고 멀쩡한 몸으로 퇴원했다.

그 후부터 어머니는 명자에게 당장 물질을 그만두라고 했다. 그날 물질 사고로 목숨줄이 끊어질 운명인데, 용케도 용왕신이 도와줘서 생명줄을 잇게 되었다는 것이다. 어쩌면 그때부터 자신의 운명은 밧줄처럼 꽁꽁 꼬여버렸는지도 몰랐다. 이토록 드센 팔자가 또 어디 있단 말인가. 명자의 양 볼을 타고 물기가 줄줄 흘러내린다.

보랏빛 어둠이 사방으로 내리고 있다. 아주 낮게 드리워져 있던 붉은 햇덩이는 점점 바닷속으로 가라앉았다. 이 밤도 갈 곳은 사돈네 아파트라는 사실이 더없이 서글펐다. 명자는 될 수 있으면 늦게 들어가고 싶어진다. 방을 구하기 전까지는 자기 집처럼 편안하게 지내도 된다고 사돈은 말했지만 그게 어디 말처럼 쉬운 일이던가. 명자는 애써 헛웃음을 입가에 띠며 천천히 몸을 일으킨다.

남편을 처음 만났던 날도 이렇게 어둠이 내려앉고 있었다. 그때 명자는 야간 상업고등학교를 졸업하고 버스 회사 경리로 근무하고 있었다. 그날 퇴근하면 곧장 남자친구를 만나기로 되어 있어서 서둘러 약속 장소로 갔다. 그러나 그곳에는 남자친구 대신 고향 선배라는, 마치 산도적을 연상케 하는 거구의 한 남자가 소파에 앉아 커피를 마시고 있었다. 그 남자는 명자를 보자마자 어색한 미소를 지으며 얼른 자기 쪽으로 오라고 손짓했다. 어리둥절해진 명자가 남자친구에 관해 다짜고짜 캐묻자, 남자는 후배가 갑자기 교통사고를 당해 병원 응급실에 있다며 함께 가봐야 한다고 재촉했다.

명자는 남자친구를 만날 때 몇 번 남자와 안면이 있는 터라 별 의심 없이 남자를 따라갔다. 그런데 인적이 드문 곳에 도착하자 느닷없이 남자는 택시를 세웠다. 그러고는 택시가 저만치 사라지자 남자는 별안간 납치범으로 변해 명자를 근처 곳자왈로 끌고 갔다. 그 순간 정신이 번쩍 든 명자는 혼비백산하여 필사적으로 달아나려고 몸부림을 쳤다. 살려달라고 소리도 질러봤지만 도와줄 사람이 아무도 없는 한적한 곳이었다. 남자에게 짐짝처럼 질질 끌려간 명자는 기진맥진 넋이 다 나갔다. 그곳엔 남자의 창고처럼 생긴 낡은 집이 있었다. 섬뜩한 공포의 전율이 온 전신으로 덮쳐오자 명자는 두려움과 무서움에 벌벌 떨었다. 아무리 죽을힘을 다해 발버둥을 쳐봐도 남자의 손아귀에서 빠져나갈 순 없었다. 남자는 험상궂은 얼굴로 명자에게 순순히 따르지 않으면 차라리 죽여버리겠다고 협박했다. 죽음이라는 끔찍한 공포 앞에서 명자는 날개 잃은 새처럼 온몸을 바들바들 떨기만 하였다. 기어코 그날 밤 명자는 남자에게 성폭행당했다.

다음 날 햇살이 밝아오자 남자가 잠깐 밖으로 나갔다. 온몸이 만신창이가 되어 버린 명자는 가까스로 정신 줄을 붙잡고는 움막 같은 남자의 집에서 빠져나왔다. 그러고는 덤불 사이를 헤치고 나가며 정신없이 앞만 보고 달렸다. 하지만 언제 나타났는지 남자가 뒤에서 명자의 옷깃을 와락 붙잡았다. 남자는 명자에게 만약 자기 눈앞에서 사라지면 가족들 한 사람씩 잔인하게 죽일 것이라고 부득부득 이를 갈며 위협을 가했다. 그런 다음 자신도 목숨을 끊을 것이라고 두 눈을 무섭게 부릅떴다. 이미 그럴 각오로 일을 저질렀다고. 그러면서 한마디 덧붙였다. 명자를 처음 본 순간부터 사랑하게 되었다고. 그런 남자의 덫에 갇힌 명자는 옴짝달싹 못 하게 되었다.

나중에 알고 보니 후배가 교통사고를 당했다는 것은 새빨간 거짓말이었다. 그날 남자가 아주 급한 일이라며 후배를 다른 곳으로 보내놓곤 계획적으로 명자에게 끔찍한 일을 저질렀다. 그날 명자가 집에 들어오지 않자 집에선 난리가 났다. 명자네 가족들은 경찰서에

실종 신고를 하려고 했다. 바로 그때 명자에게서 전화가 걸려 왔다. 명자는 매우 조심스럽고도 침착한 어투로 말했다. 어머니, 전 지금 친구 집에서 잘 지내고 있으니까 아무 걱정하지 마세요. 당분간은 집에 들어갈 수가 없네요. 제가 일이 잘 해결되면 그때 집으로 갈게요. 그러니까 너무 염려하지 마세요. 일방적인 명자의 통보에 화가 머리끝까지 치밀어오른 어머니는 대뜸 소리부터 질렀다. 이년아! 대체 어디서 무슨 짓을 하고 다니기에 집에도 못 들어와? 지금 당장 들어오지 못해! 어머니 정말 죄송해요! 명자는 남자가 시키는 대로 말하곤 얼른 전화를 끊었다. 자신이 도망을 치는 순간 정말 남자가 사랑하는 가족들을 무자비하게 살해할 수도 있다고 명자는 생각했다. 그래서 그 어떤 행동도 함부로 할 수가 없었다.

몇 달 후, 집으로 찾아온 명자를 아버지는 두 눈을 부라리며 머리채부터 잡아채곤 집안 망신 다 시킨 미친년이라며 노발대발했다. 명자는 무릎을 꿇고 고개를 푹 숙인 채 말없이 훌쩍거렸다. 그 모습을 남자는 빼꼼히 얼굴을 내밀어 반쯤 열린 현관문 사이에서 구경만

하고 있었다. 어머니는 명자의 불룩하게 튀어나온 배를 보고서야 넋이 나간 채 바닥에 털썩 주저앉고 말았다. 이미 엎질러진 물이었다. 어머니는 어쩔 수 없이 남자를 받아들이게는 되었다. 하지만 언니처럼 정식 결혼식은 올려줄 수 없다고 냉정하게 딱 잘라 말했다.

그러고 나서 며칠 후, 명자는 남자와 혼인신고만 하고 함께 살게 되었다. 돈을 벌지 못하는 남편 대신 해남에 사는 시어머니가 몇 달 간격으로 생활비를 대주곤 하였다. 하지만 그 기간마저도 너무나 짧았다. 명자가 첫 아이를 낳자마자 시어머니는 대장암으로 일찍 세상을 떠나고 말았으니까. 명자는 아무리 힘들어도 가족들에게 남편과의 만남에 관해서는 입도 뻥긋하지 않았다. 그 때문에 아버지는 명자를 도무지 이해할 수 없는 년이라며 드러내놓고 멸시하고 무시했다.

어느덧 두 아이가 세상에 태어나자 명자는 트럭을 몰면서 장사를 시작하게 되었다. 백수인 남편은 오일장을 다니면서 간혹 지인들의 일을 도와주고 그 대가로 받은 약간의 돈은 혼자 쓰기에도 부족할 지경이었다. 명자는 먹고 살기 위해서 남의 품팔이도 하였다. 그렇게 번 돈만으로는 하루살이 인생일 뿐이었다. 그래서 고심한 끝에 장사꾼의 길로 들어서게 되었다. 이웃 할아버지 덕분이었다. 육지 상인들과 밭떼기 농작물을 거래하는 중간상인인 할아버지는 명자가 성실하고 부지런해서 도와주고 싶다고 했다. 명자를 볼 때마다 어쩐지 먼저 세상을 떠난 자기 딸이 생각난다면서 장사 잘할 수 있는 비결도 자상하게 알려주었다.

처음에는 장사가 매우 어색하고 창피했다. 하지만 쑥쑥 자라나는 아이들을 생각하면 자신이 그런 거 생각할 처지가 아니라는 걸 명자는 너무나도 잘 알고 있었다. 일단은 돈을 벌어야만 했다. 자식들과 살아갈 길은 오로지 장사뿐이었다. 명자는 마음을 다잡으며 거침없이 시장바닥을 누비고 다녔다. 억척스럽게 장사를 하다가 보니 그 일도 자연스럽게 몸에 익었고 거래처 또한 점점 늘어나게 되었다.

명자의 머릿속엔 오로지 아들과 딸 생각뿐이었다. 어린 것들을 떼놓고 장사를 나설 때는 여간 가슴이 아픈 게 아니었다. 아이들을 방안에 가둬 키우다시피 하면서 장사를 해서 더 그런지도 몰랐다. 이렇게라도 자신이 독하게 마음을 먹고 돈을 벌어야만 앞으로 자식들을 먹이고 공부시킬 수가 있었다. 명자가 일을 끝내고 집에 들어오면 아들과 딸은 저들끼리 대충 밥을 챙겨 먹고는 텔레비전을 보면서 놀았다. 남편은 허구한 날 어디를 쏘다니는지 좀처럼 아이들을 돌보지 않았다. 그때마다 명자는 어디론가 훌쩍 도망가고 싶어졌다. 하지만 불쌍한 어린 자식들이 눈에 밟혀 도저히 그럴 수도 없었다.

그런 모진 세월도 참고 견뎌내다 보니 살림살이가 조금씩 나아졌고, 어느덧 아들과 딸도 성장해 대학생이 되었다. 그럴 즈음 남편은 과부하고 바람이 났다. 명자는 차라리 잘 되었다며 어떤 미련이나 망설임도 없이 변호사를 선임해 이혼 절차를 밟았다. 그런데 뜻밖에도 아들이 제발 이혼만은 하지 말라고 엄마에게 매달렸다. 아빠 없는 자식이 되기 싫다고 명자를 붙잡고 통사정하며 닭똥 같은 눈물을 뚝뚝 떨어뜨렸다. 남편도 웬일인지 이번엔 손이 발이 될 정도로 싹싹 빌었다. 수미는 멍한 표정으로 그 광경을 보고만 있을 뿐이었다. 명자는 자신의 운명이 하도 한스러워서 밤새 울고 또 울었다. 세상에 자식 이길 어미는 없었다. 정말이지 자식 버리고 도망간 년은 세상에서 가장 독한 년이라고 명자는 생각했다.

그 후부터 남편은 남의 땅을 임대해서 농사를 짓기 시작했다. 예전과는 달리 부지런한 성품으로 바뀌었지만, 농사에는 영 젬병이었다. 오히려 명자의 일거리만 더 많아졌다. 수시로 트럭에 농사에 필요한 자재나 비료 등을 실어 날라줘야만 했다. 또 농작물에 농약을 칠 때면 거들어줘야 하는 불편함까지 떠안게 되었다. 남편의 농사일은 아무리 열심히 해도 적자 나기 일쑤였다. 보다 못한 명자가 남편에게 농사에서 손을 떼라고 막무가내로 짜증을 냈다.

사방이 캄캄해질 무렵에야 명자는 자신의 트럭이 세워진 곳으로 천천히 걸어간다. 저 건너편 공터에 세워진 새로 뽑은 지 얼마 되지 않은 SUV 승용차를 며느리가 타고 나가는 모습이 언뜻 보인다. 명자는 그 승용차가 며느리 차라는 걸 알아차린다. 저번부터 아들은 쌍둥이들 때문에 차 공간이 좀 넓어야 한다는 말을 종종 해왔다. 명자도 반짝반짝 광이 나는 승용차를 갖고 싶었다. 지난날 돈이 많이 벌릴 때는 마음만 먹으면 매끈하게 빠진 신차를 뽑을 수도 있었다. 한데 이제는 수입이 바짝 쪼그라들어 언감생심 꿈도 못 꿀 일이 되어버리고 말았다. 어쩌다가 목돈이 들어와도 그게 발이 달렸는지 여기저기 돈 쓸 일이 많아졌다. 아마도 자신이 몸져눕게 되거나 죽지 않는 한은 영영 트럭에서 벗어날 수 없을 듯했다. 이런 처지에 승용차가 뭐 그리 필요하겠는가. 명자는 속으로 두런거리며 트럭에 올라탄다.

3

　창밖에는 비가 주룩주룩 내리고 있다. 궂은날이라서
그런지 괜스레 기분이 우울하게 느껴지면서 삶의 의욕
마저도 잃게 만들고 있다. 더구나 온몸이 쿡쿡 쑤시는
통증까지 찾아오자 희선은 여간 짜증이 나는 게 아니
다. 물론 이게 나이 탓이라는 것도 잘 알고 있다. 그러
니 사람이 나이가 들고 늙어간다는 사실이 더욱더 서
글픈 일이기도 한 것이다. 그나저나 이런 날씨에 명자
는 뭘 하고 있을까? 방은 구했을까? 희망이라곤 전혀

보이지 않던 명자 때문에 그날 희선도 덩달아 일이 영 손에 잡히질 않았다. 갑작스럽게 빈털터리가 되어버린 명자가 혹여 자식들에게 버려질까 봐 걱정부터 앞섰다.

그날 명자가 다녀간 다음 날, 희선은 자꾸만 마음이 심란해지자 서둘러 서울 딸네 집으로 갔다. 딸 미영은 대기업 연구원으로 근무하다가 결혼했다. 성품이 온순한 사위는 장모의 방문을 싫어하지 않아서 희선은 딸네 집에 자주 드나들게 되었다. 예전에 남편과 함께 서울에 가면 근교로 나가 맛집을 찾아다니며 여러 가지 음식을 먹어보는 즐거움도 있었다. 하지만 혼자가 된 후로는 주로 아파트에서 손자와 놀면서 시간을 보냈다. 간혹 아들네 집에도 가봐야 한다고 생각하면서도 그쪽으로는 영 발길이 떨어지지 않았다. 어쩌다가 그집에 가면 아들 내외가 출근하고 없는 텅 빈 아파트에 홀로 덩그러니 있는 것도 감옥처럼 느껴져 가슴이 답답하기만 했다.

아들 종학은 결혼한 지 6년이 되었는데도 여태 아기소식이 없어 더 그런지도 모른다. 그렇다고 그들에게 언제 아기를 가질 생각이냐고 물어볼 수도 없는 노릇이다. 젊은이들이 흔히 말하는 딩크족만 아니길 은근히 바랄 뿐이다. 한데 요즘 명자네 자식들을 보면 어쩌면 무자식이 상팔자란 말도 맞는 듯싶기도 하다. 자식들이 부모를 챙겨주는 시대도 아닌데 굳이 아들 내외 눈치를 보면서 아기를 낳으라고 할 필요까지 있을까 싶기도 하다. 아기를 낳든, 안 낳든 그건 그들만의 문제가 아닌가. 그래도 아들네 손주를 품에 안아보고 싶은 게 희선의 솔직한 심정인 건 어쩔 수가 없다.

딸네 집에 가면 언제나 활기가 넘쳐서 좋았다. 아이가 주는 에너지가 할머니에겐 기쁨이고 행복이기 때문이다. 손자는 할아버지가 정성껏 가꾼 제주의 마당 넓은 정원을 무척이나 좋아한다. 그래서일까, 할머니와 함께 있을 때면 매번 플라스틱 사각 통에 수북이 담긴 블록을 거실 바닥에 와르르 쏟아내곤 너른 정원부터 만들곤 하였다. 그곳엔 나무와 꽃, 생전 할아버지가 아끼던 정원을 가꾸는 도구들을 손자는 제각각 자리에 놓아주었다. 그때마다 희선은 남편이 생각났다. 남편은 자기가 애써 가꾼 정원과 집을 훗날 사랑하는 손자한테 증여해 주고 싶다는 속내를 내비친 적이 있다. 그만큼 손자가 제주의 푸른 바다와 자연을 좋아했기 때문이다. 희선은 이런 손자와 함께 놀 때면 복잡한 세상살이에 대한 잡념들을 잠시나마 잊을 수 있어서 마음이 편안했다.

서울에서 이틀 동안 그렇게 손자와 친구처럼 놀다가 제주로 내려가려고 하자 손자는 뜻밖의 말을 불쑥 던졌다. 할머니, 제주도에 가지 말고 우리랑 함께 살면 안 돼요? 현관으로 나가던 희선은 걸음을 멈추곤 고개를 돌렸다. 가슴이 터질 듯한 감동에 울컥 눈물이 솟구쳤다. 희선은 두 팔을 크게 벌려 손자를 와락 끌어안았다. 손자는 희선이 유일하게 삶의 에너지를 얻을 수 있는 아주 소중한 존재나 다름없었다.

어느새 빗줄기는 차츰차츰 가늘어지더니 그새 그쳤다. 그때 휴대폰이 울리자 상념에서 깨어난 희선은 정신을 가다듬으며 전화를 받는다. 명자다. 자신이 걱정했던 것과는 달리 명자의 목소리는 힘차고 밝았다.

"희선아, 나 어제 오후에 이사했어."

순간 희선의 얼굴이 햇살처럼 환해진다.

"정말? 어느 쪽이야?"

"네 집하고도 가까워서 너무 좋아. 신축 다가구 1.5룸인데 나 혼자 살기엔 딱 안성맞춤이지 뭐야."

"잘됐네! 이젠 사돈네 아파트에 안 들어가도 되겠구나."

"응. 그게 젤 좋아. 내 맘대로 다리 쭉 뻗고 편히 잘 수 있어서 말이야. 너 놀러 오지 않을래? 내가 점심 준비하고 있을 테니까 이따가 시간 맞춰서 와라. 올 수 있지?"

"그럼!"

희선은 전화를 끊고는 외출 준비를 서두른다. 오랜만에 장롱 속에서 오랫동안 처박혀 있던 붉은색 원피스를 꺼내 입어본다. 사람이 늙을수록 화사한 색상의 옷을 입어야 혈색도 좋게 보이는 법이다. 희선은 우아한 몸짓으로 앞마당 앞에 주차된 승용차에 오른다. 남편이 쓰던 낡은 차량이지만 아직은 쓸만해서 폐차하지 않았다. 자식들은 당장 폐차하고 운전면허증도 반납하라고 잔소리했다. 고물차가 달리다가 갑자기 엔진 고장으로 불이 날 수도 있고 브레이크 오작동으로 사고를 초래할 수도 있으니 매우 위험하다고. 그런 말을 들을 때면 희선은 자신이 정말 쓸모없는 고물이 된 듯한 처량한 느낌마저 들었다. 그래서 그럴 수 없다고 더 완강히 고집을 부렸는지도 몰랐다. 도심 근교에 살면서 승용차까지 없으면 그야말로 손발이 꽁꽁 묶이는 셈이었다.

바깥은 습도가 높아서인지 후텁지근한 더위가 기승을 부린다. 희선은 에어컨을 켜곤 오랜만에 노래가 듣고 싶어서 라디오 볼륨을 좀 키워본다. 때마침 폴킴의 '모든 날 모든 순간' 노래가 잔잔하게 흘러나온다. 한데 그 가사와 멜로디가 괜히 희선의 마음을 울컥하게 만든다. 남편이 세상을 떠난 후에야 진정한 사랑이 무엇인지 알게 된 자신의 어리석음 때문일까.

노래의 멜로디에 실려 자꾸만 남편의 얼굴이 눈앞에 어른거리자 희선의 두 눈에 물기가 가득 고이면서 이내 눈물이 볼을 타고 줄줄 흘러내린다. 희선은 티슈 한 장을 뽑아 눈물을 닦아내곤 얼른 라디오를 꺼 버린다. 다 늙어서 자신이 왠지 주책맞아 보였다.

저만치 마트가 시야에 들어오자 희선은 주차장으로 진입해 차를 세운다. 그 시각 아들 종학의 전화가 걸려

온다. 희선은 고개를 갸웃거린다.

"지금 회사에서 한창 일할 시간에 네가 웬일이냐? 무슨 다급한 일이라도 생긴 거야?"

"아뇨. 그냥 전화했어요. 제주엔 잘 내려가신 거죠? 죄송해요. 서울에서 함께 식사도 못 하고…. 다음번에는 우리 집으로 꼭 모실게요."

"일부러 그럴 필요 없다. 이 엄마 걱정하지 말고 너희들이나 맘 편히 살거라. 엄만 미영이네 집에서 수호랑 노는 걸 좋아하잖니. 그 녀석이 할머니를 좀 좋아해야지. 그러니 우리는 자연스럽게 만나게 될 때나 함께 식사하면 되는 거야."

"그럼 그래요. 그나저나 엄마, 요즘 건강은 어때요?"

"나야 괜찮지 뭐. 그것 때문에 전화했냐?"

"실은 제 친구 엄마가 얼마 전에 우울증으로 자살했다는 소식을 듣고 제가 충격을 받았지 뭐예요."

"저런, 쯧쯧. 참 안 됐구나! 그래서 너도 엄마가 걱정된 게야?"

"아무래도 엄마 혼자 계셔서요. 정말 괜찮은 거죠?"

"아직은 팔팔하니까 걱정하지 마라."

"참, 방금 용돈 조금 보냈어요. 너무 돈 아끼지 말고 친구분과 만나서 맛난 것도 드시면서 즐겁게 지내세요, 알았죠?"

"어이쿠, 우리 아들이 용돈까지 보내주고 최곤데!"

"아아 뭘요. 아무튼 엄마, 건강 잘 챙기셔야 해요!"

"그래그래, 잘 알았으니까 이만 전화를 끊자꾸나."

전화를 끊은 희선은 멍한 표정으로 잠깐 차창 밖을 바라본다. 자신도 모르게 마음이 착 가라앉는다. 노인들의 우울하고 어두운 소식이 들려올 때마다 그 외로움과 고달픔이 고스란히 마음으로 전이가 되기 때문이다. 비단 남의 일이 아니다. 그래서 지난날 자식들이 그토록 자신에게 실버타운을 추천했는지도 모를 일이다. 그렇지만 외로움이나 고독은 어차피 스스로 극복해야 할 일이 아닌가.

만약 자신도 맥을 놓고 하릴없이 무기력한 삶을 살았더라면 아마 지금쯤 우울감에 빠져 있을 터였다. 어찌 보면 남편은 자신에게 최고의 노후 선물을 남긴 셈이다. 정원을 가꾸면서 땀을 흠뻑 흘리다 보면 우울할 새도 없으니까. 물론 짙은 어둠이 몰려오면 문득문득

적적함이 찾아올 때는 있다. 하지만 그것 또한 내면을 일깨워주는 참된 벗이라고 생각하면 그런대로 외로움도 견딜만했다. 이러니 스스로가 마음의 근육을 키우는 게 매우 중요한 일이라고 희선은 생각한다. 그 누구도 내일의 일은 알 수가 없으니 말이다.

잠시 뒤, 마트 주차장에 차를 세운 희선은 매장에서 두루마리 화장지와 샤인 머스캣 한 상자를 계산한 후 다시 차에 오른다. 이렇게 생각이 복잡해질 때는 그나마도 친구를 만나 수다를 떨며 일상을 보내는 것 또한 삶의 활력소가 될 수도 있으리라. 이윽고 희선은 명자가 알려준 신축 다가구 주택으로 향한다. 엘리베이터를 타고 3층에서 내린 희선은 303호실 벨을 눌러본다. 명자가 기다렸다는 듯이 얼른 현관문을 열어준다. 희선은 마트에서 산 물건을 명자에게 건네곤 이내 호기심 어린 표정으로 여기저기 곳곳을 살펴본다.

현관 입구에는 세탁실이 있고 물건을 보관할 수 있는 여유 공간도 있다. 중문을 열고 들어서자 내부 공간이 아주 산뜻하고 깔끔해서 보기가 좋았다. 이삿짐이라곤 아들이 갖다줬다는 옷 몇 벌과 마트에서 산 이불

한 채 그리고 약간의 살림살이가 전부다. 명자는 갑작스럽게 남편이 들이닥치게 되면 재빨리 몸만 빠져나갈 궁리로 다른 물건들은 사다 놓지 않았다고 한다.

"어때? 좋지 않니? 평소 난 이런 아담하고 깔끔한 공간에서 한번 살아보고 싶었어. 그리고 희선이 네가 우리 집에 온 첫 손님이야!"

"정말? 암튼 김명자, 축하한다. 이젠 너만을 위한 멋진 공간이 생겼으니까 그동안 누려보지 못한 거 맘껏 누리면서 살아봐라."

"당근이지. 그렇게 살려고 방을 구한 거니까. 이제 더는 후회하는 인생을 살지 않으려고 말이야."

"네가 우리 집 근처로 이사를 오니까 나도 좋아. 우리가 더 자주 만나서 수다를 떨며 살 수 있게 되었으니까. 그러면 서로 덜 외롭겠지?"

"당연하지. 사실 나도 그동안 내 신세가 처량해서 눈물만 줄줄 나더라고. 그래도 네 덕분에 마음을 빨리 잡을 수 있었던 거야. 안 그랬으면 아직도 딸에게 받은 충격에서 벗어나지 못하고 가슴앓이하고 있을 텐데 말이야. 아무튼 지금부터라도 정신 바짝 차려서 돈부터 모으려고 해. 난 독하게 마음만 먹으면 돈을 많이 벌 수 있거든."

"돈? 그렇지. 아주 중요하고말고. 적어도 싸구려 요 양원에 들어가지 않으려면 절대적으로 돈은 필요하니 까. 그곳은 죽음의 무덤이나 다름없다면서? 물론 모든 요양원이 다 그렇다는 건 아니지만 말이야."

"희선아, 내가 저번에도 말했지만 난 그런 시설엔 절 대 들어가지 않을래."

명자가 진저리를 치자 희선은 불현듯 노인 주간 보 호센터를 운영하는 동창의 말이 두둥실 떠오른다. 그 날 누군가 자식들에게 재산을 넘겨줬다고 말하자 원장 인 그가 불쑥 나섰다. 얀마, 넌 이제부터 인생 찬밥 신 세가 되는 거야. 왜 재산을 미리 주는 거야? 쓰다가 남 은 거 줘도 되는 거 아냐. 늙은이들 대부분 자기 의사 와는 상관없이 자식들 손에 이끌려 처음에는 노인주간 보호센터로 들어오지. 다음은 양로원, 그다음 차례가 바로 요양원으로 그 순번이 정해져 있단 말이야. 일단 요양원에 들어가면 죽어야만 나올 수 있어. 근데 재산 을 미리 줬다고? 그 자식들은 부모가 늙고 병들면 귀찮아서 어서 빨리 죽기만을 바랄걸. 그러니까 내가 너희들에게 꼭 하고 싶은 말은 섣불리 재산을 물려주지 말고 노후에 쓸 충분한 돈을 챙기라는 거야. 그래야 숨통이 끊어지기 전까지라도 자식들이 찾아올 게 아니냐고. 재산을 미리 준 노인네들 대부분 후회하더라. 어떤 못된 자식놈은 누워 계신 자기 어머니에게 재산을 넘겨받으려고 서류에 도장부터 찍으라고 생난리를 치는 걸 내 두 눈으로 똑똑히 봤다니까. 그런 걸 보면 돈이 좋으면서도 아주 더러운 거야. 그 말에 동창들은 모두 공감한다는 듯 고개를 끄떡였다.

대부분 노인네들은 그런 노후의 현실을 너무나 잘 알고 있다. 하지만 그게 막상 본인의 일이 되면 그 마음이 달라지는 게 부모의 마음이 아닌가. 돈 때문에 고통받는 자식을 매정하게 모른 척할 수도 없으니까. 여하튼 그날 동창의 말대로 돈이란 정말 좋으면서도 더러운 것만은 사실인 듯하다.

자신도 더 늙고 병들면 자식들 손에 이끌려 요양병원에 들어가게 될지도 모를 일이다. 만약 그렇게 된다면 존엄케어라도 제대로 받을 수 있는 시설로 들어가고 싶어진다. 남편처럼 자신도 집에서 임종을 맞을 수만 있다면 더할 나위 없이 좋겠지만 어디 그게 마음대로 되는 일이던가. 늙은이가 갑자기 병들 수도 있고, 또 치매에 걸릴 수도 있지 않은가. 그때를 대비해서 여태껏 모아둔 노후 자금을 함부로 건드리지도 않았다. 혹시라도 자신이 병들어 자리에 눕게 된다면 간병비 문제로 자식들을 고생시키고 싶지 않았기 때문이다.

지난해 코인 다단계 사건이 터진 게 언론에 보도되자 자식들은 주변 사람들을 조심해야 한다고 자주 희선에게 언급했다. 코인에 투자한 노인네들 대부분 노후 자금까지 탈탈 털어서 투자 명목으로 넣었다고 한다. 더러는 돈을 많이 벌겠다며 은행에 대출까지 받아서 투자했다가 그만 사기라는 지옥문의 덫에 걸려들어 영영 헤어나지 못했다. 그 주변 사람들도 줄줄 엮인 굴비처럼 사기꾼에게 걸려들었다. 자식들은 누군가 돈을 많이 벌 수 있다며 투자를 부추겨도 절대 하지 말라고 희선에게 신신당부했다. 그건 무조건 사기라면서. 희선은 애초 위험한 투자에는 관심조차도 없었다. 있는 돈을 잘 관리하는 게 가장 안전한 재테크라고 생각하며 여태까지 살아온 것이다.

돈을 번다는 것은 참으로 어렵고도 힘든 일이다. 그런데도 아까 명자는 마음만 먹으면 돈을 벌 수 있다고 호언 장담을 했다. 희선은 이런 명자가 은근히 걱정되어 한마디 툭 던진다.

"명자야, 너무 돈 벌려고 욕심내지 마라. 지나친 욕심이 화를 부른다는 '과유불급'이라는 말도 있잖니. 지금은 마음의 안정을 되찾으면서 건강이나 잘 챙기는 게 무엇보다 중요해. 건강을 잃으면 전부를 잃는 것이야."

"희선아, 난 우선 돈부터 벌어야 해. 나 예전 김명자가 아니란 말이야. 마음만 먹으면 정말 돈을 많이 벌수 있다니까!"

명자의 자신감 넘치는 말투에 희선은 왠지 모를 불안감이 밀려온다.

"대체 네가 무슨 수로 돈을 많이 벌겠다는 게야? 그러다 사기꾼 만나면 어쩌려고? 괜히 허튼짓했다간 한방에 인생 골로 갈 수도 있으니까 너무 돈돈 하지 말고 살아. 너도 사기 코인에 당한 노인네들 사건 방송에서 봤잖아. 주변에 노후 자금을 노리는 사기꾼들이 얼마나 많은데? 그게 다 돈을 많이 벌겠다는 욕심 때문에 생기는 일이라고. 암튼 너도 지금 있는 돈이라도 잘 지켜야 해, 알았지?"

"네네. 지당하신 말씀 잘 알겠습니다!"

명자가 실실 웃으며 곧바로 준비한 음식을 차려낸다. 사각 탁자에는 미리 사다가 놓은 밑반찬 몇 개와 명자가 직접 요리한 소고기볶음과 계란말이, 성게미역국과 갓 지은 김이 모락모락 피어나는 흰 쌀밥이 올라온다. 희선은 갑자기 허기를 느낀다.

"희선아, 오랜만에 너랑 마주 앉아서 이렇게 밥을 먹을 수 있다는 게 난 너무 좋아. 앞으로도 종종 우리 집에 와라. 혼자 먹는 밥은 아무래도 맛이 없잖니."

"호호 나야 좋지만 넌 장사는 안 할 거야? 맨날 먹고 놀다간 너한테 남아 있는 쌈짓돈마저 다 거덜 나고 말 것 같은데. 참, 명자야, 이 방은 아들이 얻어줬어?"

"아니 내 돈으로 얻었어. 저번에 아들한테 빌려준 돈을 받았거든. 희선아, 김명자 아직 죽지 않았어. 난 뼛속까지 장사로 잔뼈가 굵은 독한 년이야. 두고 봐, 정말 돈을 많이 벌어서 남 부럽지 않은 부자가 될 테니까."

명자가 당당한 표정으로 말하자 희선은 살짝 눈살을 찌푸린다.

"아이고, 또 그놈의 돈타령!"

두 사람은 밥 한 공기를 뚝딱 비워낸다. 명자는 곧바로 샤인 머스캣 한 송이를 씻어 쟁반에 담아 탁자에 놓고는 곧장 원두커피와 믹스커피를 만들어 갖고 온다. 희선이 커피를 마시며 그윽이 커피향기를 음미하고 있을 때 갑자기 명자가 뭔가 골똘히 생각하는 표정을 짓는다. 그 모습을 본 희선은 눈썹을 치켜뜬다.

"명자야, 또 무슨 걱정거리가 있는 거야?"

"그게 아니라…, 실은 비상금 오천만 원으로 주식투자를 해보면 어떨까, 하고 생각하고 있어."

"뭐, 뭐라고? 네가 주식투자를?"

깜짝 놀란 희선의 두 눈이 휘둥그레진다. 명자는 꿈을 꾸고 있는 듯 몽롱한 눈으로 중얼거리듯이 말한다.

"난 주식투자로 빨리 돈을 벌고 싶어. 유튜브를 보니까 주식투자로 돈을 많이 번 사람들이 있더라고. 부자가 되려면 그게 가장 빠른 방법이래. 지금 주식이 바닥이라서 이 기회를 놓쳐선 안 될 것 같아서 말이야."

"명자야, 제발 정신 좀 차려! 요즘 정기예금 이율도 괜찮은데 왜 하필이면 주식투자를 생각해? 그래, 아주 드물게는 그걸로 성공하는 사람도 있을 테지. 하지만 대부분 사람은 가지고 있는 돈을 거의 날린다고. 당최 그런 생각일랑 하지도 마라. 언제 무슨 일이 일어날지 모를 우리 늙은이들인데, 어떻게든 쌈짓돈만큼은 잘 묶어둬야지."

"희선아. 난 아무리 생각해도 은행에 맡겨두는 것보다 주식투자가 훨씬 나을 것 같아. 잘만 굴리면 많은 돈을 벌 수 있는 절호의 기회라니까. 이렇게 사람들이 공포를 느낄 때 바로 주식에 투자하는 거야."

"이걸 어째. 누가 그딴 소리로 널 꼬드겼니?"

"희선아, 주식투자를 너무 부정적으로만 보지 말고 긍정적으로도 봐라."

명자는 지금이 40년 만에 찾아온 투자의 기회라고 말한다. 그러면서 지난번 자기 아들은 우량주 인버스에 투자해서 돈을 벌어 며느리 차를 뽑아 줬다고 덧붙인다. 이처럼 주식투자도 잘만 하면 돈을 많이 벌 수 있다고 명자는 자신감을 드러낸다.

명자는 요즘 유튜브 주식 채널을 듣고 있었다. 혼자 있으려니 시간도 무료해서 시작하게 된 주식 공부라고 희선에게 설명한다. 일단은 천만 원으로 공부하는 셈 치고 실전 투자를 해보고 있는데 그 재미가 쏠쏠하다고 벙긋 웃으며 말했다. 며칠 전에 사둔 주식이 벌써 플러스가 났다고. 희선은 어떻게든 명자가 주식투자를 하는 것만은 말려보려고 무진 애를 쓴다.

"명자야, 주식투자는 선수들도 나자빠지는 아주 위험한 거야. 신도 모르는 게 주식투자라던데 네가 왜 별안간 거기에 꽂히느냐고. 저번에 돈 있다는 거 아들에게 절대 말하지 않겠다고 내게 말했잖아. 근데 벌써 말해버렸어? 왜? 넌 아들한테 그렇게 당하고도 아직도 정신을 못 차린 거야? 네 아들도 참 그렇다. 어떻게 엄마가 노후에 쓸 자금을 주식에 투자하라고 해? 그 돈이 얼마나 소중한지 뻔히 알면서 말이야."

흥분한 희선이 자신도 모르게 열변을 토해내자 명자는 불편한 기색을 내비치며 미간을 잔뜩 찌푸린다.

"희선아, 넌 왜 우리 아들을 못된 놈으로 만드냐? 형민이가 과거에 나한테 돈을 좀 갖고 간 적은 있지만 지금은 그런 애가 아냐. 장사도 잘하고 돈도 많이 벌면서 열심히 살아가고 있어. 막말로 세상 물정 돌아가는 흐름은 내가 너보다는 낫지 않아? 오늘 내가 주식투자 얘기를 꺼낸 건 너도 한번 해보라고 권유하려고 했던 거야. 너한테 이런 잔소리나 들으려고 한 게 아니고. 그런데 넌 지금 우리 아들을 아주 몹쓸 놈 취급하면서 주식투자를 하면 금방 망할 듯이 말하고 있잖아. 그건 날 위한 조언이 아니라 지나친 간섭이고 쓸데없는 걱정이란 말이야."

순간 희선은 당황한다. 명자가 저토록 민감한 반응을 보이리라고 전혀 예상하지 못한 것이다. 자신은 진심으로 걱정하며 말해주는데도 명자는 그걸 쓸데없는 잔소리로 받아들이고 있었다. 희선은 온몸에 힘이 쭉 빠져 더는 할 말을 잊는다. 좋은 소리도 상대가 받아들일 때 해야 한다. 명자는 아예 귀를 틀어막고 그 어떤 소리도 들으려고 하지 않고 있다. 오로지 주식투자로 돈을 벌 욕심에 온 신경이 그쪽으로 쏠려 있을 뿐이다.

그 돈이 명자에게 어떤 돈이던가. 자신을 위해 제대로 써보지도 못한 소중한 돈을 별안간 주식투자라니…. 희선은 약간 냉소적인 목소리로 말한다.

"명자야, 난 네가 정말 염려가 돼서 말했을 뿐이야."

"알아, 네가 날 걱정하는 거 왜 내가 모르겠어. 하지만 난 아까도 말했듯이 뼛속까지 장사꾼이야. 세상 돌아가는 이치나 자금의 흐름 또한 아무래도 전업주부인 너보다는 내가 더 잘 꿰뚫어 볼 수 있단 말이야. 너무 걱정하지 마. 내가 절대적으로 자식 놈의 말을 믿는 건 아냐. 하지만 그것 외엔 큰돈을 벌 기회가 사실 내겐 없어서 그래. 또 돈을 많이 벌어야 우리 수미도 챙길 수 있어."

이번만큼은 명자가 자신의 소신을 분명하게 밝히자 희선은 왠지 자기만 바보가 된 듯한 참담한 기분을 느낀다. 더욱이 명자가 무시하는 태도로 자신을 전업주부라는 말까지 들먹이자 희선은 몹시 불쾌해진다. 근래 부동산, 코인, 주식에 투자했다가 망했다는 소식을 접하게 되면 그게 얼마나 위험한 투자라는 걸 희선은 절실히 실감하고 있다. 이런 판국에 명자는 벌써 그 바닥에 발을 담그고 있었다. 더구나 딸에게 쫓겨난 마당에 그 딸까지 챙기려고 무진 애를 쓰고 있지 않은가. 희선은 명자가 스스로 가시고기가 되어가고 있는 듯해 안타깝기만 하다. 그렇다고 서로 의견이 엇갈려 있는 상황에서 그 어떤 말로도 명자의 확고한 마음을 돌려놓을 수도 없다. 아니 말을 섞으면 섞을수록 서로 피곤하고 언짢은 기분만 더할 뿐이다. 희선은 잠시 머뭇거리다가 이내 말없이 자리에서 일어나 밖으로 나와버린다.

4

　명자는 뜬금없이 희선이 나가버리자 그 뒤끝이 영
개운치가 않아진다. 서로 생각하는 게 다르다는 걸 알
면서도 조금 전 희선의 태도는 생각하면 할수록 화가
치밀어 올랐다. 아무리 좋은 조언도 너무 지나치면 상
대를 무시하는 것처럼 들리기 마련이다. 그동안 자신이
푼수처럼 희선에게 속내를 드러낸 탓일까? 그래서 아
까 노골적으로 무시하는 듯 함부로 말을 쏟아낸 게 아
닐까? 명자는 희선의 시건방진 태도가 몹시 비위에 거

슬렸다. 언제나 토닥토닥 등을 두드려 주며 자신에게 힘을 내라고 위로해 주던 예전 희선의 모습은 온데간데없었다. 정말이지 자기 아들을 못된 놈으로 싸잡아 대며 목청을 높이는 것만은 참을 수 없었다. 더욱이 희선은 주식에 관해 제대로 아는 바도 없지 않은가. 주식 투자가도 아니면서 어떻게 상대방을 일방적으로 가르치려고 한단 말인가. 희선이야말로 케케묵은 사고방식에 갇혀 사는 고리타분한 꼰대가 아닌가 말이다. 하긴 세상 물정에 대해 뭘 제대로 알겠는가. 평생 남편의 그늘에서 마음고생 없이 편안하게 살아왔으니 당연히 그럴 수도 있으리라. 평소 희선의 얼굴에 쓸쓸함과 외로움이 묻어나는 게 아마도 그런 자기 틀에 박혀 사는 답답한 성격 때문인지도 모른다. 제주에서 다시 희선을 만났을 때도 그녀는 별로 말이 없었다. 언제나 차분하고 조용한 성품이라 누가 쉽게 다가가 말을 붙여보기도 어려울 정도로 희선은 타인들과도 거리감을 두는 편이었다. 그런데도 친구인 자신에겐 변함없이 마음을 열고 진정으로 대해주었다. 늘 친절했고 또 성의껏 자신의 고통스러운 지난 이야기들도 들어주면서 마음의 위로도 해주었다.

명자는 스스로 화를 누그러뜨리며 깊은 한숨을 내쉰다. 그래도 희선은 자신에게 고마운 존재가 아닌가. 무엇보다 그 어떤 말을 해도 그 말이 다른 사람 귀에 흘러 들어가는 일은 없었으니까. 사실 지난 삶을 돌이켜보면 자신에게 그만한 친구도 없었다. 동창들은 만나면 그 앞에서는 고개를 끄덕이며 잘 호응해 주다가도 돌아서면 금방 뒷담화를 까는 게 거의 일상이 되었다. 하지만 희선만은 한결같이 믿고 신뢰할 수 있었다.

그렇다고 자신에게 특별한 친구가 있는 것도 아니었다. 항상 분주한 일상에 쫓기며 살다가 보니 어쩌다가 만난 친구도 그 인연이 오래가지 못하고 끊겼다. 그러니 자신이 믿고 마음을 의지할 수 있는 친구는 오직 희선뿐이었다. 그런데 오늘은 왜 그토록 주식투자를 부정적으로 보면서 자신을 궁지로 몰아붙였을까? 그런 희선의 불쾌한 태도에 화가 난 명자는 몹시 당혹스럽기도 하고 머릿속이 매우 혼란스럽기도 하였다.

늦은 오후가 되자 다시 하늘이 점점 흐려지기 시작한다. 명자는 간만에 희선과 좋은 시간을 보내려고 했던 게 도리어 기분만 상한 꼴이 된 게 너무나 속상해진다. 명자는 진정되지 않는 마음을 애써 가라앉히며 부리나케 부엌 싱크대로 향한다. 그리고는 신경질적으로 재빠르게 설거지하고는 유튜브 채널에서 주식 강의를 듣는다. 이렇게 머릿속이 복잡할 때는 정신을 한 곳에 집중하는 게 그나마도 스트레스를 덜 받았다.

희선의 말처럼 자신도 예전에는 주식투자를 하면 죄다 망하는 줄로만 알고 있었다. 한데 요즘 그쪽 분야를 공부하다가 보니 자신도 모르게 절로 뇌에서 도파민이 팍팍 나오는 듯했다. 특히 주식시세에 관련된 공부는 알면 알수록 그 즐거움이 배가 되기도 했다. 그 때문에 우울하던 나날이 어느 순간에 활기찬 에너지로 바뀌면서 잃어가던 삶의 의욕마저도 되찾을 수 있었다. 뒤늦게라도 희망을 꿈꿀 수 있다는 건 얼마나 행복한 삶인가.

명자가 이처럼 주식투자에 관심을 가지게 된 것은 바로 아들 형민이 때문이다. 하루는 작업장에서 한창 일하고 있는데 아들이 친구와 통화하는 걸 명자가 엿듣게 되었다. 아들은 주식시장이 좋지 않을 때는 우량주 인버스에 투자해야 한다고 친구에게 말하고 있었다. 그러면서 자신은 이틀 동안 천팔백만 원을 벌었고, 지금도 괜찮은 수익을 내고 있다고 덧붙였다. 이대로 잘만 굴러가면 돈을 많이 벌 것 같다면서 요즘 주식시장을 좀 더 지켜보다가 나중에 집 담보로 은행에서 돈을 빌려 우량주에 투자할 계획이라는 말까지 꺼내는 것이었다.

깜짝 놀란 명자가 두 눈을 부릅뜨고는 통화가 끝나기만을 기다렸다가 이윽고 통화가 끝나자 대뜸 아들의 팔을 붙잡고는 자초지종을 따져 물었다. 이놈아! 이제 주식투자로 집까지 말아먹을 작정이야? 느닷없는 명자의 행동에 형민은 인상을 팍팍 쓰며 버럭 짜증을 냈다. 엄마, 내가 왜 집을 말아먹어요? 이게 다 돈을 벌려고 하는 짓인데요. 기회가 올 때 그걸 놓치면 영영 큰돈을 벌 수가 없다니까요. 그러면서 형민은 명자를 설득하기 시작했다. 세상에는 주식투자로 폭삭 망한 사람들도 많지만, 자신처럼 그 바닥을 꿰뚫어 보는 사람 중에는 더러 큰돈을 번 사람들도 많다고. 내년에 본격적인 경기침체에 들어가면 부동산은 더더욱 하락할 것이고,

주식도 바닥으로 떨어질 테니 미리미리 투자금을 준비했다가 저점에서 왕창 투자해야만 나중에 큰돈이 된다고 설명했다. 저번에 쌍둥이 엄마에게 차를 뽑아 준 것도 주식매매 수익으로 샀다는 말에 명자는 귀가 솔깃해졌다. 그 말을 가만히 듣고 보니 영 틀린 말 같진 않았다. 그래서 얼결에 자신이 가지고 있는 비상금이 있다는 말을 털어놓게 되었다. 형민은 반색하며 그 돈을 은행에 꽁꽁 묶어둘 게 아니라 이참에 주식투자를 해야 한다고 했다. 우량주를 사서 장기투자를 하면 결국은 우상향할 것이고, 그럼 그게 바로 엄마의 든든한 노후 자금이 될 것이라고 말했다. 다음날 명자는 아무런 망설임 없이 아들에게 주식투자를 해달라고 그 돈을 몽땅 맡겨버렸다.

그날부터 명자는 주식투자 채널에서 눈을 뗄 수가 없었다. 형민은 엄마에게 절대 주식에 관심을 두지 말고 장사에만 신경을 쓰라고 당부했지만, 명자는 호기심이 발동하여 아들 몰래 주식투자까지 하게 되었다. 다행히도 자신이 매수한 주식들이 빨간불을 밝히며 조금씩 오르자 명자는 어린아이처럼 마냥 신바람이 났다.

그리하여 오늘 희선이에게도 투자의 도움이 될 만한 주식정보를 알려주려고 불렀다. 그런데 되레 그 불똥이 자신에게 튀고 말았다.

희선은 재테크로 주식투자는 절대 아니라고 말을 하지만 명자의 생각은 달랐다. 아들 말대로 40년 만에 찾아온 기회를 결코 놓칠 순 없었다. 증권사 애널리스트들과 전문 투자자들도 모두 그 점을 강조하고 있었다. 명자는 전문가들이 추천하는 종목들을 수첩에 빼곡히 메모를 해두면서 몇 번이나 살피고 또 살펴본 후에야 자신이 투자할 종목들을 신중하게 골랐다. 그렇게 아들 몰래 슬쩍슬쩍 투자한 금액이 벌써 천만 원이 조금 넘고 있었다.

명자의 커다란 눈동자에서 반짝반짝 빛이 난다. 수첩에 메모해둔 종목들은 마치 미인대회에 나온 것처럼 쭉 나열되어 선발되기만을 기다리고 있다. 종목을 잘 배팅해야 돈도 벌 수가 있는 법. 어느새 명자의 머릿속엔 희선에 대한 그 어떤 생각도 깡그리 잊었다. 그때 아들에게서 전화가 걸려 오자 명자는 반사적으로 수첩을 탁 덮어버린다. 아들이 어떤 주식을 매수했을까? 명자는 무척 궁금해하며 전화를 받는다. 그런데 형민은 한 껏 숨을 몰아쉰다.

"어휴 엄마, 큰일 났어요. 조금 전에 수미 이 계집애 가 일하다가 집으로 가버렸지 뭐예요. 그 계집애 때문 에 지금 내 속에서 천불이 난다니까요."

어안이 벙벙해진 명자가 잠깐 주춤하다가 우려 섞인 말투로 묻는다.

"이건 또 뭔 일이냐? 대체 이유가 뭔데?"

"오늘 내가 엄마 얘기를 꺼냈거든요. 여태 눈치만 보 고 있었는데 더는 기다릴 수가 없어서요. 그날 왜 문 을 잠그고 열어주지 않았느냐고, 캄캄한 어둠 속에서 엄마가 험한 꼴이라도 당했으면 어쩌려고 그랬냐고요. 수미가 발끈 화를 내면서 엄마가 먼저 집을 나가겠다 고 말해서 자신은 그랬을 뿐이라고 마구 신경질을 내 지 뭐예요. 그럼 너 앞으로 어떻게 살아갈 거냐고 내가 물었죠. 그랬더니 하던 일을 내팽개치곤 휑 가버렸지 뭐예요."

순식간에 얼굴색이 잿빛으로 변한 명자가 깊은 슬픔 에 젖는다.

"그랬구나. 그럼 당장 그 일을 대신할 사람이 없다는 게야?"

"그렇죠. 수미는 내가 자기편이라고 여겼는데 오늘 엄마 입장에 서서 얘기를 꺼낸 게 기분이 왕창 잡쳤나 봐요."

명자는 천천히 고개를 끄덕이며 힘없이 말한다.

"사실은 어제 작업장에서 나도 수미를 잠깐 보았다. 그 애가 먼저 웃으며 엄마, 하고 손을 내미는데 소름이 오싹 돋더구나. 나도 모르게 얼른 작업장에서 나와버렸지 뭐냐. 수미 얼굴에서 엄마에게 미안해하는 기색도 전혀 보이지 않았으니까. 언제나 그랬듯이 당연한 것처럼 여기고 있었던 거야. 이제 나도 예전처럼 선뜻 수미의 마음을 받아들일 수가 없더구나."

"아이고 참. 걔가 그랬던 건 엄마하고 화해하고 싶어서인데, 그냥 못 이긴 척 엄마가 받아줬어야죠. 이거 참 골치 아프게 일이 배배 꼬여버렸네요, 어휴―."

"그 애가 아무리 좀 부족해도 그렇지, 미안하다는 말부터 해야 하는 거 아니냐. 먼저 엄마한테 왜 자신이 그랬는지 그 이유부터 말해줬어야지. 수미가 언제나 그런 식으로 얼렁뚱땅 넘어가려고 하는 게 엄만 정말 싫었어. 갠 매사 그랬잖니. 이번에 하는 짓 보니까 만약 엄마가 더 늙고 병들면 방안에 가둬놓고 학대할 못된 년 같더구나."

"아무튼 내일 엄마가 수미 대신 일 좀 해줘야겠어요. 한나절만 도와주고 그 후엔 엄마 일 하시면 되지 않겠어요?"

"그래, 알았다. 그럼 내일 작업장에서 보자꾸나."

전화를 끊고 나자 명자는 울화통이 터졌다. 자신이 수미에게 당한 일을 떠올리면 그토록 서운한 감정을 억누를 수가 없었다. 더구나 수미는 뭐든 자기 마음대로 하려는 못된 근성을 가지고 있었다. 마트에서 물건을 살 때도 자기가 필요한 것만 집었다. 어쩌다가 명자가 먹고 싶은 것을 집으려고 하면 수미는 엄마, 이거 먹고 싶어? 하고 묻고는 저만치 떨어져선 손짓으로 명자를 그냥 오라고 불렀다. 그 말을 듣지 않으면 그날은 난리가 났다. 자기 방에 틀어박혀 나오지도 않고 밥도 먹지 않았으며 오빠 일도 도와주지도 않았다. 그때마다 명자의 속은 숯덩이처럼 새까맣게 타들어 갔다.

명자는 반복되는 수미와의 갈등을 더는 겪고 싶지 않아 어느 날부터 수미의 비위를 건드리지 않으려고 무척이나 애를 쓰며 살아왔다.

어디 그뿐인가. 인터넷 쇼핑할 때도 수미는 명자가 사려고 하는 상품을 골라주는 게 아니라 자기가 여러 가지 상품을 보고 그중에서 가격이 가장 저렴한 것만 골라 주문했다. 명자는 으레 일상생활이라는 게 그러려니 여기며 한평생을 살아왔다. 그런데 갑작스럽게 딸에게 쫓겨나온 후 현실을 마주하고 보니 지난날 삶이 얼마나 비정상적인지를 명자는 크게 깨달았다.

잠시나마 평온하던 마음에 다시 걷잡을 수 없는 근심의 파도가 넘나들자 명자는 그대로 방바닥에 벌렁 드러눕고 만다. 아마도 생활비가 바닥이 나면 남편이든 수미든 분명 연락이 오리라. 지금이야 지난번 남편이 단호박을 수확해서 공판장에 납품한 돈이 있으니 그걸로 생활하고 있을 터다. 하지만 그 돈이 바닥나면 어쩔 수 없이 두 사람 중 누군가 자신을 찾을 게 틀림없다. 수중에 돈이 떨어지면 항상 그랬으니까. 또 이렇게 자신이 방을 얻어 혼자 사는 줄 알면 남편은 당장 쫓아올지도 모른다.

남편은 명자가 사돈과 함께 지내고 있는 줄 알고 있다. 저번에 형민이가 남편에게 그렇게 말했다고 귀띔해줬다. 평소 남편은 명자에게는 안하무인으로 굴지만 사돈 앞에선 체면을 중시했다. 자신의 부끄러운 치부를 절대 드러내지 않으려는 이중적인 성격의 소유자랄까. 그런 탓에 어떤 일이 생기면 그걸 오롯이 명자에게 덮어씌웠다. 그때마다 명자는 억울함을 호소할 길이 없어 미친년처럼 혼자 길길이 날뛰었다. 하지만 그런 일도 여러 번 반복되다 보니 명자만 정신병자 취급을 받았다.

명자는 지금이라도 혼자 자유롭게 살게 된 걸 천만다행으로 여긴다. 며느리는 같은 여자로서 시어머니 인생이 불쌍하다며 행여 시아버지가 찾아오면 경찰에 신고부터 한 후 자기네를 부르라는 말까지 해줬다. 그나마도 아들 내외가 근처에 살고 있어서 다행이라고 명자는 생각한다. 아들은 제삿날이나 명절 때는 자신이 알아서 일을 처리할 테니 엄만 전혀 신경 쓸 필요가 없다고 했다. 그 덕분에 명자는 마음을 푹 놓고 있었는데 다시 수미 때문에 심기가 불편해지자 땅이 꺼질 듯한 한숨만 연신 내쉬고 있다.

여전히 숨통이 꽉 막혀오자 명자는 수심이 깊은 바닷속으로 들어가 물질을 해보고 싶어진다. 그 당시 물질 사고만 나지 않았더라면 지금쯤 자신은 해녀가 되어 있지 않았을까. 그랬으면 지금의 남편도 만나지 않았을 것을. 아니 만약 그때 어머니 말을 듣지 않고 고집을 부려 그냥 해녀가 되었다면 과연 자신의 운명은 어떻게 되었을까? 그 옛날 명자는 자신이 단명한다고 누누이 말해왔던 어머니 말을 새삼 곱씹어 본다.

어머니는 오랜 물질로 심한 관절염을 앓고 있었다. 그러면서도 생계를 위해 물질을 계속하였다. 해산물 체취에 누구보다 욕심이 많았던 어머니는 어느 청명한 가을 날씨에 동료 해녀들을 따라 관탈섬으로 물질을 갔다가 그만 숨을 거두고 말았다.

지독히도 가난한 집안에서 태어난 어머니는 먹고살려고 여덟 살 때부터 물질하기 시작했다. 열세 살이 될 무렵에는 본격적인 해녀가 되어 바다라면 안 가본 바다가 없었다. 일본을 비롯한 다른 외국 바다까지도 가봤다. 한때 울릉도에서 살면서 독도로 가서 물질도 많이 했다. 또 그토록 위험한 머구리(잠수부)도 했다. 머리에만 고무로 된 모자처럼 생긴 헬멧을 쓰고 바다 밑을 걸어 다니면서 잠수 작업까지 했다. 머리에 둘러쓴 잠수기로 공기를 주입해 주면 숨을 쉴 수가 있었다. 하지만 행여라도 공기가 들어오다가 멈춰버리면 고무로 된 헬멧이 얼굴에 착 달라붙어 숨통이 꽉 막혀 죽었다.

어머니와 함께 물질하던 친구가 일본에서 그 사고를 당해 죽었다. 그래도 어머니는 그토록 모진 일을 오직 가족들을 생각하면서 잘 견뎌내었다. 또한 먼바다로 배를 타고 며칠씩 먹고 자면서 물질도 많이 다녀왔다. 그걸 일명 '난바르(먼바다)'물질이라고 한다. 어떤 육지 해녀들은 젖먹이 아기도 데리고 오고, 또 아장아장 걸어 다니는 아이들도 데리고 왔다. 그러다가 아이가 물에 빠져 죽는 사고도 다반사로 일어났다. 선장은 돌아다니는 아이들을 아예 선장실에 가둬놓기도 하였다.

명자가 해녀에 좀처럼 미련을 버리지 못하자 하루는 어머니가 자신의 지난날 힘들었던 이런저런 물질 이야기를 들려주면서 제발 그것을 그만두라고 끊임없이 명자를 설득하고 또 설득했다. 그랬던 어머니가 결국 80세가 넘도록 물질하다가 별안간 바다에서 숨을 거두고 말았다.

어머니가 돌아가신 뒤부터 급속도로 건강이 악화가 된 아버지는 요양원으로 들어가게 되었다. 때때로 명자가 요양원에 방문할 때면 아버지는 자주 찾아오지 않아도 된다는 말만 반복했다. 하지만 그게 아버지의 진심이 아니라는 걸 명자는 잘 알고 있었다. 생활에 쫓겨 바쁘게 사는 딸의 입장을 배려해서라는 것을 말이다. 아니었다. 실은 어머니가 세상을 떠나자 얼마 후, 명자는 오랫동안 감추고 있던 자신의 속내를 아버지에게 솔직하게 털어놓았다. 왜 지금의 남편과 함께 살게 되었는지를 밝혔다. 솔직히 가슴에 맺힌 한을 끝까지 간직하고 싶지 않아서였다. 명자의 구구절절한 지난 인생 이야기를 들은 아버지는 충격을 받아서인지 그만 실어증에 걸린 사람처럼 한동안 말을 잃었다. 그러고는 아버지 스스로 요양원으로 들어가겠다고 했다.

옛 추억들이 주마등처럼 뇌리에 스치고 지나가자 명자의 두 눈에 눈물이 그렁그렁 맺힌다. 그리고 지금 전혀 앞이 보이지 않는 질펀한 늪 같은 삶에서 자신은 어떻게든 실낱같은 희망이라도 간절히 붙잡고 싶었다. 그래서 마지막으로 주식투자에 더 매달리게 되었는지도 모른다. 우선은 세상을 살아갈 희망이 무엇보다 절실히 필요했다. 내면에 도사리고 있는 죽음의 그림자가 언제 또 자신을 덮칠지도 모르는 일이었다. 남편을 처음 만난 그 순간부터 죽음의 그림자는 친숙한 벗처럼 내면 깊숙한 곳에 스며들어와 있었다. 아무리 잊으려고 몸부림을 쳐봐도 결코 기억에서 지워지지 않는 지난날의 참혹한 고통은 지금 순간에도 가슴속 깊이 가시처럼 박혀 있다. 명자의 손등으로 굵은 눈물방울이 뚝뚝 떨어진다.

# 5

꽃잎 한 장이 떨어진다. 한 장이 다시 떨어진다. 또 한 장이 떨어진다. 또 한 장, 또 한 장이 떨어진다. 마침내 꽃잎이 모두 떨어진다. 잠자리가 길을 헤매며 공중에서 날아다닌다. 낙엽이 바스락바스락하는 소리가 밤하늘에 울린다. 저 멀리 꿀벌이 날아온다. 꿀벌이 꽃잎이 모두 떨어진 꽃 위에 앉는다. 잠자리가 날아오자 날아간다. 달빛이 반짝이는 그날 밤에 잠자리들이 공중을 어지럽게 날아다닌다. 파도가 출렁이는 그날 밤에 개미들이 개미 집에서 나온다. 차례차례 줄을 서서 밖으로 나온다. 개미들이 꽃잎이 모두 떨어진 꽃의 줄기를 따라 올라간다. 잠자리는 자리를 비켜 주는 듯 날아간다. 잠자리가 다른 꽃 위에 앉아 있다. 별이 반짝이는 그날 밤에 부엉이가 부엉부엉 울고, 귀뚜라미는 귀뚤귀뚤 운다. 그날 밤에 달빛이 환하게 빛나고 별빛이 반짝이는 그날 밤에. 잠자리가 앉은 꽃에서 꽃잎이 한 장 떨어진다. 잠자리가 날아간다. 잠자리가 다른 꽃잎에 앉자 또다시 꽃잎이 한 장 더 떨어진다. 또 한 장, 또 한 장이 떨어진다. 마침내 꽃잎이 모두 떨어진다. 그 두 송이를 누군가 꺾어간다. 그날 밤에, 달빛이 환하게 빛나고 별빛이 반짝이는 그날 밤에….

희선은 방금 딸 미영이 카톡으로 보낸 손자 수호의 글「그날 밤에」를 읽고 그만 깜짝 놀라고 만다. 수호가 글쓰기를 좋아한다는 말은 작년 어느 날부터 딸에게 들었지만 이처럼 잘 쓰는지는 미처 몰랐다. 올해 초등학교 1학년이 된 손자의 감수성과 표현력이 너무나 뛰어나 놀라움을 감출 수가 없다. 미영은 수호의 장래 희망이 작가라고 한다. 희선은 손자의 글을 읽고 또 읽어보면서 한때 작가를 꿈꾼 적이 있었던 젊은 시절을 떠올려본다. 그 꿈은 지금도 미련처럼 그리움으로 남아 있어서일까? 인생에서 꼭 해야 할 중요한 숙제를 미루고 있는 듯한 지난날 이루지 못한 꿈이 오늘따라 스멀스멀 목구멍으로 기어 올라오고 있다. 최선을 다해보지 못한 꿈이라서 더 그런지도 몰랐다. 별안간 그게 아련한 슬픔이 되어 가슴속에서 메아리를 치고 있는 걸 희선은 느낄 수가 있다. 제발 용기를 갖고 도전해 보라고, 두려울 게 뭐가 있냐고, 내면의 소리가 들려온다. 시도조차 해보지 못한 게 오히려 부끄러운 일이 아니냐고 자신을 다그치고 있다. 그래서일까, 아주 오랫동안 깊은 겨울잠을 자고 있던 감성들이 꽃잎이 화르르 만개하듯 사방으로 피어오른다.

마음이 복잡해진 희선은 묵직한 그림자처럼 한동안 집 안에서 맴돌다가 이윽고 차를 몰고 근처 바닷가를 달려간다. 해안가에는 관광객 인파들로 붐비고 있다.

시간은 벌써 오월로 접어들고 있다. 무심한 세월은 이 토록 빨리 흘러가고 있다는 게 도무지 실감이 나질 않는다. 이루지 못한 꿈만 그리워하다가 자신도 어느 순간 바람처럼 훌쩍 세상을 떠나는 것은 아닐까? 그렇다고 다 늙어서 꿈을 향해 도전해 보는 일도 어쩐지 무의미한 일처럼 느껴진다. 아니 솔직히 말하자면, 두렵고 겁이 나서 도무지 도전해 볼 용기가 생기지 않았다. 노후에 혼자서 즐길 수 있는 취미 하나쯤은 미리 만들어 놓았어야 했는데도, 자신은 그러지 못한 게 무엇보다 후회스럽다. 한데 손자의 글을 읽어본 순간 자신도 더 늦기 전에 꿈을 위해 용기를 가져야 한다고 희선은 생각한다. 이렇듯 깨달음이란 어느 한순간에 찾아오는 것일까?

저기 푸른 바다가 시원하게 펼쳐져 있다. 그쪽 해안도로를 따라 산책하는 사람도 있고 자전거 하이킹을 즐기는 커플들도 종종 눈에 띈다. 또 애완견과 함께 산책하는 사람도 드문드문 보이고 킥보드와 전동자전거 또한 거리 곳곳에 세워져 있다. 그 주변 카페에는 관광객인지 도민인지 모를 손님들로 북적거린다. 희선은 한

참 동안 차 안에서 바깥 풍경만을 가만히 지켜보다가 잠시 뒤 밖으로 나온다. 무엇보다 그 너머로 출렁이는 파도가 물보라를 일으키며 바위에 부딪히는 걸 가까이에서 보고 싶은 것이다.

희선은 호기심이 많은 아이처럼 바다로 내려갈 수 있도록 만든 비스듬한 방파제를 조심스럽게 한 발 한 발 밟고 내려간다. 그러고는 우두커니 서서 발밑 바로 앞까지 밀려오는 바닷물을 내려다본다. 유년 시절 바닷가에서 돌을 이리저리 들춰내며 동네 아이들과 보말과 꽃게를 잡으면서 신나게 놀았던 기억들이 새록새록 되살아났다. 또한 동네 어른들이 돌을 둥글게 쌓아 올려 만든 원담에 대한 추억도 그립기만 하였다. 밀물과 함께 원담으로 들어온 물고기들은 썰물일 때는 미처 빠져나가지 못했다. 그럴 때면 어른들은 그 안에 갇힌 물고기를 잡곤 했다. 그때 추억의 흔적들이 아직도 바다 곳곳에 남아 있다. 그 시절의 추억이 너무나 소중해서 희선은 여름에 서울에서 손자가 제주에 오면 매년 바닷가 현장 체험을 할 수 있도록 해주었다. 그때마다 손자가 그토록 좋아할 수 없었다.

파란 하늘에는 여러 마리의 물새들이 주변을 빙글빙글 날고 있다. 더러 몇 마리는 먹잇감을 잡으려고 수면 가까이에 떠 있다. 희선은 멀거니 그 모습을 바라보다가 이윽고 방파제 위로 올라온다. 그러곤 잠깐 망설이다가 도두봉이 보이는 해안도로를 따라 천천히 걸어간다. 인도와 바다 사이를 가린 돌담에 부착된 대리석 벽면에는 해녀의 그림과 더불어 물질하는 노래 가사들이 촘촘히 적혀 있다. 희선은 잠깐 걸음을 멈추고는 그 가사를 마음속으로 읽어본다. 문득 명자가 떠올랐다. 생사를 넘나들며 물질하는 해녀들의 노고를 그대로 표현한 가사가 아닌가. "이여싸나 이여싸. 칠성판을 머리에 이고 바닷속에 들어간다"라는 애달픈 해녀의 노래 또한 희선의 머릿속을 바람처럼 스치고 간다. 턱 밑까지 참았던 숨을 휘파람 불어 한 번 토해낼 때마다 이승과 저승을 잇는 처연한 숨비소리. 명자 또한 그 험한 물질을 하며 살지 않았던가. 희선은 벽화에서 눈을 떼고는 다시 앞으로 걸어간다.

그날 명자와 서먹한 관계가 되어버린 뒤부터 희선의 마음 한구석은 구멍이 뻥 뚫린 것처럼 허전하기만 했다. 친구도 믿을 게 못 된다는 허무함 때문일까. 희선은 지난번 명자에게서 받은 충격에서 지금도 벗어나지 못하고 있다. 전업주부로 평생 살아와서 세상을 바라보는 시야가 좁다는 명자의 말이 자꾸만 귓가에서 맴돌았다. 어쩌면 명자의 말이 맞는지도 몰랐다. 하지만 그게 주식투자와 무슨 상관이 있단 말인가. 뜬구름을 잡겠다고 천방지축 어린애처럼 나대는 명자에게 자신은 그저 아낌없는 조언을 해주었을 뿐. 주식투자로 부자가 되는 일이 어디 그리 쉬운 일이던가. 희선은 명자의 말을 소가 되새김질하듯 곱씹고 곱씹으며 걷다가 보니 어느새 자신도 모르게 도두봉 정상까지 올라와 있었다.

활짝 펼쳐진 제주공항이 시원하게 한눈에 들어온다. 저만치 활주로를 따라 비행기들이 이륙과 착륙을 시도하고 있다. 그 광경을 너도나도 사진을 찍는다. 우측 키 작은 나무가 우거진 포토존에선 푸른 바다를 뒷배경으로 삼아 사진 찍으려고 줄을 서서 기다리는 사람들도 많다. 섬 속에 우뚝이 소스라진 한라산이 보이는 앞으로 드림타워 건물 또한 마치 하나의 산처럼 보이기도 한다. 그 맞은편 북쪽에는 사방으로 둘러싸인 짙푸른 바다가 햇빛을 받아 유리알처럼 반짝인다. 주변에는 갈매기만 날아다닐 뿐 고깃배 한 척 보이지 않는다. 더없이 평화롭고도 아름다운 풍광이 아닐 수 없다. 한참 동안 시원한 바다를 바라보자 답답하던 속도 뻥 뚫린다. 희선은 한결 마음이 가벼워지자 다시 또 명자와의 일을 돌아본다. 괜히 명자만 탓할 게 아닌 성싶다. 아무리 오랜 친구지만 그날 선을 넘은 건 분명 자신이 아닌가. 이래서 늙을수록 상대방 일에 간섭하지 말고 뱉어내는 말도 조심하고 또 참을 줄 알아야 한다고 했을까. 희선은 자신의 예민하고 소심한 성격부터 고쳐야 한다고 속으로 중얼거리며 쓸쓸한 미소를 짓는다.

한나절 바람을 쐬고 집으로 돌아오자 웬 낯선 렌터카가 마당 입구에 세워져 있다. 희선은 의아한 표정으로 그쪽으로 다가서자 순간 차 문이 벌컥 열리면서 불쑥 며느리가 나온다. 깜짝 놀란 희선은 웬 까닭인지 몰라 어리둥절한 표정으로 묻는다.

"네가 갑자기 웬일이냐?"

"어머님, 그동안 잘 지내고 계셨어요?"

"나야 언제나 잘 지내지 뭐. 그나저나 제주에 왔으면 시어미한테 먼저 전화부터 해야지 여기서 이렇게 기다릴 게 아니라. 참, 종학이는 어디 있냐?"

그 말에 며느리는 잠깐 망설이다가 입을 달싹인다.

"오늘은 저 혼자 내려왔어요. 제주에 있는 회사 거래처 업무 때문에요. 그러니까…, 출장인 셈이죠."

희선은 못 믿겠다는 듯 고개를 갸웃거리며 며느리에게 바짝 다가선다.

"혹시 너희들 다퉜냐?"

"아 아뇨. 제가 갑자기 나타나서 많이 놀라셨죠?"

"그야 그렇지. 여태까지 이런 일이 없었잖니!"

순간 며느리가 당황한 기색을 감추지 못한다.

"어머님, 제가 정말 출장으로 내려온 거라니까요."

그러고는 얼른 어깨에 멘 가방에서 돈봉투를 꺼내 시어머니에게 내민다. 얼떨결에 봉투를 받은 희선은 근심 어린 표정으로 어색하게 내뱉듯 묻는다.

"이게 대체 뭐냐?"

"어머님 용돈 좀 넣었어요. 며칠 있으면 어버이날이라서요."

그렇지 않아도 불그레한 며느리의 뺨이 더 분홍빛으로 물들었다. 희선은 잠깐 난감한 표정을 짓는다. 받은 돈봉투가 여느 때와는 달리 불편하고도 부담스럽게 느껴진 것이다.

"일단 고맙게는 받겠다만은…, 얘야, 우리가 밖에서 이럴 게 아니라 어서 안으로 들어가자꾸나."

"아, 아니에요, 전 시간이 없어서 지금 곧바로 거래처로 가봐야 해요."

며느리가 손사래를 치며 거절하자 희선은 몹시 아쉽다는 표정을 짓는다.

"그럼 서울은 언제 올라가는데?"

"업무 끝나면 오늘 저녁 비행기로 올라가 봐야 해요. 다음번에 종학 씨랑 함께 올 때 그때는 꼭 어머니 집에서 며칠 묵고 갈게요."

"어쨌든 알았다. 일부러 봉투까지 챙겨주니 고맙구나. 미리 온다고 연락이라도 해줬으면 내가 생선이라도 준비해 두었을 텐데 말이다."

"아, 아뇨. 저번에 보내주신 옥돔도 아직 냉동실에 남아 있는걸요."

며느리의 말에 희선은 못마땅한 듯 이맛살을 찌푸린다.

"아니 그걸 보낸 지가 언젠데 아직도 남았다는 거냐? 귀한 생선을 냉동실에 오래 두지 말고 얼른얼른 먹어라. 종학이가 생선을 얼마나 좋아하는데."

"알겠어요, 어머님."

작고 마른 체구인 며느리는 오늘따라 시어머니의 말에 여우처럼 약삭빠르고 민첩하게 반응하고 있다. 잠시 머뭇거리던 희선은 며느리를 더는 잡아둘 수가 없다.

"아무튼 오늘은 네가 바쁘다니 어서어서 가보거라."

며느리는 고개를 까닥 숙여 인사하곤 손님처럼 렌터카를 타고 휑 가버린다. 희선은 뭔가 불만족스러운 며느리의 표정이 어쩐지 마음에 걸린다. 며느리가 분명 다른 일로 내려온 듯한 직감이 들어서일까. 그렇다고 아들에게 전화해서 물어볼 수도 없다. 아들이 먼저 말을 꺼내기 전에는 그냥 모른 척하고 있는 게 자신의 도리인 듯싶었다. 괜히 늙은이가 나서봐야 집안만 시끄러

울 뿐. 이게 다 부부간에 아기가 없어서 그렇다고 희선
은 생각한다. 부부가 살다가 보면 서로 의견이 맞지 않
아 다투는 일도 왕왕 있을 터다. 그럴 때 자식이라도
하나 있으면 서로 화해도 쉬워지는 법이거늘. 희선의
입에서 절로 한숨이 새어 나온다.

희선은 푹 파인 관자놀이 위로 드리워진 긴 머리카
락을 뒤로 넘기며 며느리가 준 봉투를 내려다본다. 겉
봉투에 쓰인 캘리그라피 글씨체가 유독 눈에 띈다. '꽃
길만 걸으세요' 희선은 봉투 안에 돈보다 '꽃길'이라는
활자가 가슴에 와 박힌다. 꽃길이란 어감이 햇빛이 가
득한 자신의 정원을 연상시킨 것이다. 아름다운 풍경은
언제나 자연 속에 존재하는 법이다. 인생의 꽃길 또한
그러지 않을까.

여태까지 희선은 정원을 가꾸면서 자연에 대한 특별
한 감정 같은 걸 느껴보진 못했다. 사시사철 피는 꽃들
이 제철에 피어났고, 파릇파릇 돋아나는 새싹에서 자연
의 향기를 맡으며 노년의 소일거리로만 생각하며 살아
왔다. 남편처럼 그것들을 좀 더 깊숙이 들여다보며 일
상의 즐거움을 누려보진 못했다. 한데 지금 순간, 자신

이 가꾸고 있는 정원의 모든 것들이 아주 귀하게 느껴진다. 아니다. 솔직히 말하자면 손자가 쓴 글 때문인지도 모른다. 장래 희망이 작가라는 손자가 할머니의 마음을 일깨워 준 것이다. 손자는 분명 영재가 틀림없다. 하지만 딸은 희선의 생각과는 달리 수호가 영재가 아니라 그냥 똑똑한 아이라고만 했다. 책 읽기를 무척이나 좋아하고 글쓰기를 좋아해서 작가가 되겠다는 것이라고. 어쨌거나 그런 손자 덕분에 희선의 무딘 감수성도 덩달아 깊은 잠에서 깨어난 것만은 틀림없는 사실이다. 그래서 자신의 눈앞에 보이는 모든 자연이 이토록 아름답게 느껴지는 것인지도 모른다.

희선은 앞마당 입구 메타세쿼이아와 와싱토니아야자수가 있는 모퉁이에서부터 서서히 돌아본다. 목련, 수선화, 배꽃, 흰색 남경도, 붉은색 남경도, 붉은색 옥매, 흰색 옥매, 박테기꽃, 이스라지꽃, 빈카마이너꽃, 죽단화 등 남편이 그토록 귀에 박히도록 하나하나 이름을 알려준 꽃들이 향긋한 향기를 내뿜고 있다. 이토록 아름다운 자연을 곁에 두고도 자신은 여태까지 그게 소중한지를 모른 채 살아왔다. 일상의 즐거움이란

먼 곳에 있는 게 아니라 아주 가까운 곳에 있다는 것도 모른 채 말이다. 남편은 수많은 나무와 꽃을 가꾸면서 자기만의 인생철학을 즐겼다. 희선은 그때는 몰랐던 것들이 세월이 흐르고 흐른 지금에야 남편을 이해할 수 있었다. 비록 늦었지만 자신 또한 그것들의 소중함을 느낄 수가 있다.

희선은 잠깐 발걸음을 멈추고는 보들보들한 꽃잎을 조심스럽게 만져본다. 수호가 아기 때 살결처럼 꽃잎도 여리고 보드라운 촉감이다. 희선은 활짝 핀 꽃잎에 얼굴을 바짝 갖다 대본다. 상큼하고도 싱그러운 진한 꽃향기가 코끝으로 살짝 와 닿는다. 희선은 해맑은 소녀처럼 코를 끙끙거리며 향기를 흠뻑 들이마셔 본다. 여린 줄기에서 이토록 화사한 꽃을 피워내기까지 그동안 모진 혹독한 추위와 싸워서 이겨냈으리라. 어찌 보면 나무와 꽃들도 인간의 모습과 매우 닮아있지 않은가. 사람의 모습이 제각각 다르듯이 그것들도 자기만의 특성을 갖고 자연 속에서 살아가고 있으니 말이다.

저쪽 돌담 가에 활짝 핀 홍왕벚나무가 시야로 들어온다. 살랑살랑 불어대는 바람결에 꽃잎들이 후두두,

떨어진다. 금세 바닥이 붉은 꽃잎으로 흩뿌려져 있다. 말 그대로 꽃길이다. 수호의 글에서처럼 꽃잎이 한 장 한 장 떨어지고 있다. 그리고 또 한 장 떨어지고 또 한 장 떨어진다. 희선은 그 꽃길을 걸어보고 싶어진다. 이처럼 꽃잎을 사뿐사뿐 밟으면 인생의 꽃길이 되는 것일까? 희선의 머릿속에서 손자의 글이 좀처럼 떠나지 않고 있다. 희선은 바닥에 떨어진 꽃잎을 사뿐사뿐 밟으며 작은 원을 그려본다.

손자 수호의 머릿속에선 어떤 상상의 꽃들이 무럭무럭 자라고 있을까? 그 생각 주머니 속에서 피어나는 창작의 세계는 점점 커지면서 나중에는 저 광활한 우주 세계로 훨훨 날아가리라. 그렇게 손자가 자신의 꿈을 이뤄 작가가 된다면 아마도 자신은 죽어 땅속에 묻혀 있으리라. 그러니 숨을 쉬고 있는 이 순간을 맘껏 즐겨야 한다.

어느새 자신이 꽃들과 하나가 된 듯한 황홀한 기쁨이 가슴으로 스며든다. 깨달음은 이렇게 한순간에 찾아온다는 사실에 희선은 놀라지 않을 수 없다. 사물을 어떻게 보느냐에 따라 마음도 달라지는 법. 무엇을 보느냐가 아닌 어떻게 보느냐에 따라 생각도 달라지니 말이다.

뒷마당에는 다양한 나무들이 하늘을 찌를 듯 우뚝 서 있다. 아침에 눈을 뜨면 새들이 날아들어 짹짹 노래를 불러준다. 때때로 꿩들도 날아와서 알을 낳아 품기도 한다. 희선은 갖가지 관목과 꽃의 조화를 이루고 있는 정원에서 편안한 정취를 흠뻑 느껴본다. 그러고는 벙그러진 꽃봉오리처럼 아주 오랜만에 화사하게 웃어본다.

그 시각 휴대폰이 울어댄다. 명자다. 희선은 선뜻 전화를 받지 못하고 우물쭈물한다. 혼자만의 즐기고 있는 시간을 명자 때문에 방해받고 싶지 않았다. 하지만 전화벨은 끊어지지 않고 빨리 받아달라고 계속해서 울어댄다. 희선은 마지못한 듯 전화를 받는다. 명자의 들뜬 목소리가 휴대폰 너머로 들려온다.

"희선아, 요즘 어떻게 지냈어?"

"네가 어쩐 일이냐?"

"근데 네 말투가 어찌 좀 이상하다?"

"내 말투가 뭐 어째서?"

"마치 화가 잔뜩 난 사람 같잖아. 평소 너답지 않게."

"뭐? 나다운 게 대체 뭔데?"

"희선아, 지금 너 나하고 싸우려고 덤벼드는 사람 같다. 왜 그래? 혹시 지난번에 그 일 때문에 아직도 마음이 풀리지 않은 거야? 정말 그런 거야? 그때가 언젠데 지금도 꽁하고 있냐?"

순간 희선은 명자가 자신을 갖고 노는 듯해 기분이 불쾌해진다. 하지만 이내 머리를 가로젓는다. 그래도 명자가 먼저 전화한 게 아닌가. 희선은 회의적인 몸짓으로 어깨를 움츠리며 말한다.

"무슨 일로 전화했어?"

"저번에 그 일은 내가 정말 미안했어. 네가 가고 곰곰이 생각해 보니 그날 내가 너무 예민하게 굴었지 뭐냐. 희선아, 늦었지만 내 사과를 받아주라? 응? 난 너 없으면 외로워서 못살아, 정말이라니까. 그래서 이렇게 전화했잖아."

명자의 진정성 있는 사과에 희선의 마음도 이내 눈 녹듯이 싹 풀어진다. 희선은 어깨를 으쓱하며 말한다.

"그래, 그날 나도 잘한 거 없지 뭐. 어쨌든 우리 그때 일은 깨끗이 잊자."

"참, 아까는 뭘 하고 있었기에 전화를 그렇게 늦게 받은 거야?"

"아아, 서울에서 며느리가 다녀갔어. 어버이날이 며칠 남지 않았다고 돈봉투를 주고 가더라고. 회사업무로 당일 출장을 왔다면서. 밖에서 얘기를 나누느라 네 전화가 오는 줄도 몰랐다니까."

희선이 전화를 늦게 받은 이유를 그렇게 둘러대자 명자는 갑자기 우울한 목소리로 말한다.

"그래도 네 며느리는 참 착하네. 우리 며느리는 밥은 사줘도 돈봉투 같은 건 절대 주지 않거든. 넌 어쨌거나 복도 참 많다니까."

"야, 복 많은 게 남편부터 하늘나라로 떠나보내는 거야? 난 옆구리가 썰렁한 것보다 남편과 함께 한평생 친구처럼 사는 게 복 많은 인생이라고 생각해. 네 며느리는 시어머니가 돈을 잘 버니까 용돈을 주지 않는 거 잖아. 그건 네가 이해해야지. 난 돈을 벌지 못하는 백수라서 그런 거고, 안 그래?"

"희선아, 우리 좀 더 솔직해지자. 어느 자식이 능력 없는 부모를 잘 챙겨주겠냐? 그래도 넌 마당 넓은 집이라도 갖고 있으니까 그나마도 자식들이 챙겨주는 거야. 나 봐라. 가진 거 아무것도 없다고 딸년이 엄마를 쫓아내잖아. 이런 험한 꼴 당하려고 내가 평생을 생고 생하며 살아왔나 싶어 정말 한스럽다니까."

"아이고 알았다, 알았어! 그나저나 넌 요즘 어떻게 지냈어?"

"으응. 사람이 죽으라는 법은 없나 봐."

"그럼 좋은 일이 있었다는 거네?"

"바로 그거야. 나 승용차 뽑았어!"

"정말?"

"네가 놀랄 줄 알았다니까. 사실은 며칠 전에 아들놈이 내 돈으로 우량주 인버스에 투자해서 차 한 대 값을 벌었지 뭐니. 그놈이 엄마에게 해주는 첫 선물이라나 뭐라나. 내가 농담조로 작은 아파트를 사달라고 했더니 글쎄 그것도 조금만 기다리면 사줄 수 있다는 거야. 희선아, 우리 아들 너무 대단하지 않냐? 워런 버핏 같다니까. 호호호."

순식간에 희선의 얼굴이 발갛게 달아오른다. 지금 명자는 아들이 주식투자로 돈을 벌었다는 걸 자랑하려고 전화를 한 게 아닌가. 자신한테 사과한다는 말은 순전히 빈말이고 자기 자랑을 들어줄 누군가가 필요해서 말이다. 희선은 당장 전화를 끊어버리고 싶어진다. 하지만 그 마음을 고쳐먹는다. 그토록 승용차를 갖고 싶어 하던 명자였다. 그렇지만 명자가 이렇게 주식 말을 꺼낼 때면 희선은 사촌 오빠가 주식투자로 아버지 돈을 몽땅 날린 게 악몽처럼 되살아났다. 희선은 다시 마음을 추스른다.

"축하해, 명자야!"

"고마워! 내가 언제 시간 될 때 널 시승식 시켜줄게."

"그래? 네 덕분에 나도 새 차 한번 타보겠구나."

"아무튼 기대하고 있어. 멋진 곳으로 데리고 갈 테니까."

전화를 끊은 희선은 명자의 지나친 솔직함이 때로는 심적 부담감으로 다가왔다. 명자가 싫은 것은 아니지만 그 속사정을 훤히 알고 있어 웬지 모를 안타까운 마음부터 앞섰다. 명자가 차를 뽑은 건 반가운 소식이지만 그렇다고 이런 행운이 계속 이어지지는 않는다. 주식투자라는 게 어쩌다가 운이 좋아 돈을 벌 수는 있지만 그게 오히려 덫이 될 수도 있기 때문이다. 사촌 오빠도 처음에는 그랬으니까. 희선은 왠지 명자가 위험한 줄을 타는 곡예사처럼 아슬아슬한 살얼음판을 걸어가고 있는 듯해 여간 불안해지는 게 아니다.

허둥지둥 집 안으로 들어온 희선은 선크림을 얼굴에 덕지덕지 바르곤 작업복 차림으로 정원에 나온다. 이렇게 마음이 심란할 땐 잡초를 뽑는 게 그나마도 좋았다. 잡초를 뽑다가 보면 복잡한 생각에서 절로 벗어날 수 있다.

희선은 재빨리 집 뒤쪽에 있는 창고로 들어가 사방 벽면을 쓱 훑어본다. 정원 일에 필요한 도구들이 질서 정연하게 벽걸이 선반에 놓여 있다. 예전에 남편이 사용하던 것을 지금도 그대로 놓고 쓰고 있다. 남편의 체취와 흔적을 유일하게 느낄 수 있는 곳이기도 하다. 한쪽 벽면에는 호미가 크기와 종류별로 나란히 걸려 있다. 희선은 진열장에서 차양이 넓은 모자를 꺼내 쓰곤 일 장갑을 손에 낀 뒤 평소 손에 익은 호미를 집어 들곤 앞마당으로 성큼성큼 나온다. 사람은 성실히 땀 흘러서 번 돈만이 자기 돈이라고 희선은 생각한다.

# 6


명자는 드디어 자신에게도 기다리던 운이 트였다고
생각하자 하루하루가 마치 구름 위를 걷는 듯한 황홀
함에 빠져들었다. 그토록 우울하던 삶이 소중하게 바
뀌게 된 것도 모두 주식투자 덕분이다. 이런 현실이 그
저 꿈만 같았다. 오히려 집에서 쫓겨난 게 전화위복이
될 줄이야…. 명자는 절로 기분이 좋아 흥얼흥얼 콧노
래를 부르며 트럭을 몰고 작업장으로 달려간다. 며칠
전 희선에게 신차를 뽑았다고 말했지만, 아직은 차를

뽑은 건 아니고 계약만 해둔 상태다. 하지만 오늘 잔금을 치르고 나면 며칠 후에 출고가 된다고 하니 이미 뽑은 거나 다름없다. 앞으로도 이처럼 주식투자로 돈이 많이 들어온다면 자신이 그토록 꿈꿔왔던 부자도 될수가 있을 것만 같다. 정녕 그렇게만 된다면 그동안 무시당하며 살아왔던 설움에서도 홀가분하게 벗어날 수 있으리라. 그리고 예전처럼 돈을 빌려주고 뜯기는 어리석은 짓은 절대 하지 않으리라. 명자는 아랫입술을 질끈 깨물며 스스로 다짐해 본다.

명자의 두 눈에 금세 물기가 가득 고인다. 평생을 고생고생하며 살다가 보니 자신에게도 이런 뜻밖의 행운이 찾아오는구나, 하고 생각하니 지금의 현실이 더없이 고맙고 감격스러워진 것이다. 장사는 아무리 부지런히 거래처를 뛰어다니며 물건을 대줘도 한 번에 큰돈을 벌기란 그리 쉽지 않았다. 그렇다고 매번 돈을 번다는 보장도 없다. 때로는 미리 사둔 밭작물이 장마나 태풍으로 피해라도 보게 되면 금전적인 손실이 아주 컸다. 그런데 형민은 고된 육체적인 노동을 하지 않고서도 주식투자로 돈을 쉽게 벌었다. 자신이 평소 갖고 싶었던 신차를 사줄 수 있을 만큼 수익도 남겼다. 명자는 놀랍고도 가슴이 벅차올랐다.

형민은 다른 사람에겐 입도 빵긋하지 말라고 당부했다. 하지만 명자는 도저히 입이 근질거려 참을 수가 없었다. 지난번 희선이 주식투자가 아주 위험한 것이라며 알은체를 한 것이 몹시 못마땅해 그만 떠벌리고 말았다. 아니 희선의 생각이 잘못되었다는 것을 알려주고 싶었다.

명자는 비상금을 아들에게 맡긴 걸 잘했다고 자신에게 칭찬하며 가속페달을 더 깊게 밟아본다. 트럭은 한산한 아스팔트를 쌩쌩 달린다. 이제야 자신의 인생도 시커먼 어둠의 터널에서 빠져나와 이처럼 막힘없이 뻥 뚫린 도로를 마음껏 달릴 수 있게 된 것이다.

사실 형민이 차를 뽑자고 했을 때, 명자는 차라리 그 돈으로 주식에 더 투자하려고 했다. 그러나 형민은 일단 엄마가 갖고 싶은 승용차부터 계약하라고 막무가내로 명자를 자동차매장으로 데리고 갔다. 돈은 언제든지 또 벌 수 있다면서. 대신 엄마가 적극적으로 자기 일을 도와줘야 한다고 못을 박았다. 자신은 주식투자에 신경을 쓰기 때문에 아무래도 장사에 집중할 수 없으니 엄마가 대신 거래처에 배달할 물건들을 챙겨달라고 부탁했다. 간혹 자신이 바쁘면 배달도 해달라는 조건을 내걸었다. 명자는 햇살처럼 환하게 웃으며 고개를 끄덕였다. 아무리 힘들어도 돈이 절로 들어오는데 못할 게 없었다.

그 후부터 명자는 두 팔을 걷어붙이곤 아들이 해야 할 일까지 도맡아 하게 되었다. 형민은 주로 대파만 취급하고 있어서 이참에 명자도 대파만을 취급하게 되었다. 그게 시간을 덜 낭비하고 물량 확보에도 별 어려움이 없었기 때문이다.

명자는 며칠 동안 수미가 작업하던 대파 포장일을 대신 해주면서도 마음은 마냥 흐뭇하기만 했다. 더욱이 자신의 거래처에 대주는 물건을 아들 물건에서 갖다 쓸 수 있어서 일거양득이었다. 어찌 보면 서로 동업자로 묶인 셈이다. 밭에서 작업하는 일꾼들은 별도로 있고, 명자는 작업장에서 대파 개별 포장일을 해주면서 형민이 바쁠 땐 그 거래처에 물건을 배달해 주면 되는 것이다. 물론 예전보다 거래처 배달 횟수가 많아져 여간 몸이 고단한 게 아니다. 그래도 그러한 노동 속에서 자신의 꿈과 희망을 키워나갈 수 있다는 게 명자는 여간 보람되고 마음이 설레는 게 아니었다.

어느새 트럭은 제집을 찾아가듯이 작업장에 도착한다. 건물 옆 주차장에는 어쩐 일인지 아들의 트럭이 세워져 있다. 명자는 연신 고개를 갸웃거린다. 매일매일 미국 주식과 한국 주식을 번갈아 꼼꼼히 살펴보느라 아침잠이 많은 형민이다. 한데 오늘은 무슨 일로 이리도 일찍 왔단 말인가. 남편 때문일까? 명자는 무심코 고개를 들어 하늘을 올려다본다. 구름 한 점 없는 하늘이 눈이 시리게 푸르렀다.


사실은, 이틀 전에 느닷없이 남편이 작업장으로 찾아왔다. 땅거미가 어슴푸레하게 깔릴 무렵 나타난 남편은 명자를 경멸하듯이 째려봤다. 명자는 결국 올 것이 왔다는 생각에 놀라거나 긴장되지도 않았다. 그때 남편은 험악한 표정을 지었다. 네가 사돈네 집에서 사는 게 아니라 아예 방을 얻어서 살고 있다면서? 그 말에 명자는 콧방귀를 뀌었다. 흥, 그래서 뭐 어쩌라고?

명자가 싸움판이라도 벌일 태세로 고개를 빳빳하게 쳐들자, 그 기세에 눌렸는지 남편은 잠깐 옴츠러들었다. 명자는 두 눈을 부릅뜨고는 금방 달려들 것처럼 남편을 무섭게 쏘아보았다. 아니 여태까지 전화 한 통 없더니 왜 갑자기 나타났어? 여기까지 찾아온 이유가 대체 뭐야? 명자가 독을 잔뜩 품은 독사처럼 박박 악을 쓰자 남편은 정나미가 떨어지는 뱁새눈으로 말했다. 그래, 너도 이제 따로 방을 얻었으니 우리 관계도 여기서 깨끗이 끝내! 그걸 알려주고 싶어서 찾아왔어. 그러고는 남편은 두 주먹을 꼭 쥐었다. 그동안 내가 너와 살면서 얼마나 힘들었는지나 알아? 엄청난 스트레스를 받으면서도 꾹 참고 살아왔단 말이야. 말끝마다 능력이 없는 놈, 돈 한번 제대로 벌어본 적 없는 놈이라고 그 요사스러운 주둥아리를 함부로 나불댈 때면 당장 널 때려죽이려고도 했지. 남편의 얼굴이 금세 시뻘겋게 변했다. 그래도 그놈의 사랑이 뭔지 그게 내 가슴에 찌꺼기처럼 남아서 차마 널 그러지도 못했어!

그 말에 명자는 하도 기가 막혀 혀를 끌끌 찼다. 쯧쯧. 뭐, 뭐라고? 적반하장도 유분수지. 지금 누가 할 소

리를 지껄이는 거야? 지금 날 찾아온 이유가 이혼하자
는 거야 뭐야? 명자는 너무 억울해서 가슴속에서 열불
이 나자 남편에게 삿대질하며 대들었다. 남편은 붉으락
푸르락 얼굴빛이 변했다. 우린 끝이야. 난 김명자, 너만
보면 아주 지긋지긋해서 더는 같이 살 수 없으니까 우
리 이쯤에서 이혼하는 게 어때? 막말로 우린 이제 부부
도 아니잖아. 또 네 행실이 얼마나 못 된 줄 알아? 내
친구 놈은 중풍으로 쓰러져 반신불수가 되었는데도 그
아내가 남편 간병을 잘하면서 살고 있는데, 이건 육신
이 멀쩡한 남편을 병신 취급하면서 돈, 돈, 매일 그놈의
돈타령만 하질 않나. 제기랄! 남편은 금방이라도 명자
를 한 대 쥐어박을 듯이 손을 높이 쳐들다가 내리며 말
을 이어갔다. 지렁이도 밟으면 꿈틀대는 법이야. 아무
리 내가 너한테 몹쓸 짓을 했다고 해도 이왕지사 부부
로 살게 되었으면 너도 날 남편으로 받아들이고 살갑
게 대했어야지. 이건 맨날 잔소리만 해대니 원. 네가 언
제 살림이라도 한번 제대로 해봤냐고? 수미가 했잖아.
나도 네 얼굴 안 보고 그놈의 잔소리를 듣지 않으니까
맘이 편해서 좋아. 남편이 카랑카랑한 소리로 일방적으

로 떠들어대자 명자는 어처구니가 없었다. 아닌 밤중에 홍두깨라더니 남편은 도리어 자신을 원망하고 있었다.

명자는 억울함과 분노에 휩싸인 채 부들부들 떨리는 목소리로 소리쳤다. 당신이 늘 이런 식으로 모든 걸 내게 덮여 씌웠어. 내가 장사로 돈을 벌지 않았으면 우리 가족은 진작에 길바닥으로 나앉았을 것이라고. 난 어떻게든 자식들을 불쌍하게 만들지 않겠다는 그 마음 하나로 평생을 고집스럽고도 미련하게 살아온 년이야. 그런데 그 주둥이로 뭐가 어쩌고 어째? 터진 입이라고 함부로 말하지 마! 당신이 내 썩어 문드러진 속을 알기나 해? 아니 언제 한번 알아보려고나 했어? 명자가 속사포 쏘듯이 내뱉으며 두 주먹으로 가슴을 쾅쾅 쳤다. 이혼? 날 찾아와서 고작 한다는 말이 이혼하자는 말이었어? 잘됐네. 그새 또 늙은 과부라도 생겼나 보지? 그래 이제 나도 이판사판이니까 맘대로 해! 그 순간 이혼만은 절대 안 된다는 아들 형민의 말이 퍼뜩 떠올랐다.

명자는 방금 남편이 나타날 때만 해도 당장 자신을 끌고 집으로 데려갈 줄 알았는데 완전 딴판이었다. 정신없이 한바탕 퍼부어대자 명자의 온몸에서 힘이 쭉 빠져나갔다. 남편은 거만한 표정으로 명자를 쳐다보았다. 명자는 아들을 위해서라도 자신의 분노를 가라앉히려고 안간힘을 썼다. 남편은 원체 황소고집이라 상대방의 말이 먹혀들지 않았다. 사람은 고쳐 쓸 수 없다는 말이 바로 자기 남편을 두고 하는 말인 듯싶었다. 오로지 자기만 알고 상대방 입장이라고는 전혀 배려할 줄 모르는 아주 몰상식한 인간이 아닌가. 금방이라도 가슴을 뒤덮는 답답함으로 명자는 숨이 막혀 죽을 지경이었다. 그래, 알았어. 당신 뜻은 내가 충분히 알아들었으니까 형민이가 이혼하라고 하면 나도 서류에 도장을 찍을게. 명자의 싸늘하고도 단호한 말에 남편은 깜짝 놀랐다. 아, 안돼! 형민이에게 말하지 마! 왜? 명자가 의아한 표정을 지었다. 형민이는 우리의 이혼을 원치 않아. 그러면서 남편은 명자가 집을 나간 후부터 아들이 생활비와 용돈을 넉넉하게 챙겨주었다는 걸 뒤늦게 말했다. 그러고는 자기가 이혼하자고 꺼낸 말은 그냥 해본 소리였다며 비겁하게 말을 바꿨다.

명자는 억제할 수 없는 통증이 가슴을 덮쳤다. 자신이 집을 나온 후 지금껏 남편이 왜 전화 한 통 없었는지 그 이유도 알 수 있었다. 남편은 앞으로도 서로 마음 편하게 이처럼 떨어져서 살자고 했다. 수미도 하루속히 방을 얻어서 나가버렸으면 좋겠다고 자신의 솔직한 심정을 토로했다. 엄마나 딸이나 모두 징글징글하다면서 말이다. 그제야 명자는 남편의 덫에서 벗어날수 있다는 안도감이 들었다. 예전의 남편이 아니었다. 남편은 자신이 피해자라는 걸 명자에게 말하려고 찾아온 것이다.

잠시 남편과의 일을 생각해 보던 명자는 왠지 기분이 찝찝해진다. 혹시 그 일을 아들이 알고 있을까? 남편이 아들에게 말을 한 게 아닐까? 아니 설령 형민이 그 사실을 알고 있다고 해도 특별히 달라질 것도 없는 남편과 자신의 관계다. 서로 졸혼하기로 했으니까.

명자는 심호흡을 크게 한번 해본 후 작업장으로 들어간다. 그러고는 아들의 얼굴부터 살펴본다. 광대뼈가 두드러질 정도로 그 몰골은 형편없다. 명자는 마음이 불안해진다. 그렇다고 선뜻 무슨 일이냐고 물어볼수도 없다. 혹시 며느리와 다투고 나온 건 아닐까? 명자는 아들의 심기를 건드리고 싶지 않아 일부러 관심이 없는 척 고개를 돌리고는 작업장 한쪽에 있는 컴프레서를 작동시킨다. 그때 형민이 기계 작동을 멈추라는 손짓과 함께 명자를 부른다.

"엄마, 잠깐 드릴 말씀이 있어요."

그 짧은 시간 팽팽한 긴장감이 맴돌자 명자는 아들의 눈치를 살핀다.

"형민아, 무슨 일이야? 쌍둥이 엄마랑 싸움이라도 한 거야?"

"죄송해요. 오늘 주식을 모두 처분했어요."

"차 잔금 때문에 판 게야?"

"그게 아니라…, 수익금이 많이 떨어졌지 뭐예요. 더 떨어질 것 같아서 그냥 싹 매도를 해버렸어요."

"그래도 남은 돈은 챙겼을 게 아니냐?"

"그게 말이에요, 주식이 오를 때 팔지 않고 그대로 가지고 있어서 플러스 났던 수익을 도로 날려버렸지 뭐예요. 그래도 엄마 원금에는 손실을 보지 않았어요. 그래서 하는 말인데 엄마, 차 뽑기로 한 거 없었던 일로 해요. 저도 이제 인버스 투자는 너무 위험해서 그쪽으론 투자하지 않으려고요."

순간 명자의 가슴이 철렁 내려앉는다. 금방 잡힐 듯한 목돈이 금세 사라져 버리자 이루 형언할 수 없는 허탈감이 와르르 밀려온다. 명자는 애써 마른침을 삼키고는 혼자 중얼거리듯이 말한다.

"그럼 그렇지. 내 복에 돈은 무슨 돈."

그러고는 신경질적으로 손톱을 톡톡 물어뜯자 그 모습을 본 형민은 등을 곧추세워 당당하게 서며 말한다.

"엄마, 기회는 또 있으니까 너무 상심하지 마요."

명자는 더 이상 아들을 못 믿겠다는 표정으로 부루퉁하게 말한다.

"그 돈 내가 관리할 테니 당장 엄마 통장으로 입금해라. 아무래도 난 주식투자보다는 은행에 정기예금하는 게 나을성싶구나. 요즘 이자도 괜찮다고 하니 말이다."

그러자 형민은 왈칵 짜증을 낸다.

"엄마, 제발 좀 기다려봐요. 지금 시점에 은행에 넣어둬선 절대 안 돼요. 이자로는 돈을 못 번다니까요. 주식이 완전 바닥을 칠 때 내가 알아서 투자할 테니 엄만 아들만 믿으세요. 내가 주식투자로 두 번이나 크게 실패를 본 놈이잖아요. 이젠 그쪽으론 선수라니까요."

"이놈아! 그 돈이 어떤 돈인데 널 믿냐?"

"아이고 엄마, 제가 입에 침이 달도록 말했잖아요. 이번이 40년 만에 찾아온 부자 될 기회라고요. 저도 좀 더 기다렸다가 투자할 계획이라니까요."

아들의 재빠른 임기응변에 명자는 머릿속으로 셈을 해본다. 아들이 그동안 자신에게 갖고 간 돈으로 주식투자를 해서 날린 돈만 해도 적지 않았다. 이번 오천만 원도 아들은 쉽게 내어주지 않을 성싶었다.

명자가 눈살을 찌푸리자 형민은 얼른 삼선 슬리퍼를 쓱쓱 끌며 작업장을 빠져나간다. 명자가 허둥지둥 뒤따라가 아들의 팔을 홱 잡아끈다.

"이놈아, 엄만 주식투자 할 생각이 없어. 내 돈 달라니까 어서!"

"엄마, 제발 느긋하게 기다려봐요. 제가 꼭 큰돈 벌어준다니까요."

그러고는 형민은 트럭에 올라타 차를 몰고 쌩하니 가버린다. 다시 작업장으로 들어온 명자는 바닥에 쪼그리고 앉아 두 무릎 사이로 얼굴을 파묻는다. 삽시간에 서러움이 밀려오자 눈물이 분수처럼 솟구쳤다. 명자는 한참 동안 어깨를 들썩이며 흐느껴 운다. 자신의 인생살이가 참으로 기가 막히고 복장이 터질 노릇이다. 마지막 간절한 희망이라고 믿었던 것이 한순간에 물거품이 되고 말다니…. 여태껏 몸뚱이 하나를 밑천으로 삼아 살아온 장사꾼 인생인데 이제 그 몸뚱이조차도 예전과는 달랐다. 아침에 눈을 뜨기가 왜 그토록 힘이 드는지. 마음으로는 뭐든지 할 수 있을 것 같은데 육신은 마음처럼 따라주질 못했다. 그리하여 주식투자로 돈을 벌려고 했는데 그것마저도 허망한 꿈이 되고 말았다.

명자의 가슴에 묵직한 돌멩이가 짓누르고 있는 듯한 고통이 찾아온다. 아들 또한 그 어깨에 짊어진 가장이라는 짐이 부담스럽고도 무거울 것이리라. 명자는 그런 아들을 결코 미워할 수도, 원망할 수도 없다. 그저 복도 지지리 없는 자신의 운명에 부르르 치를 떨 뿐이다. 늙어서 딸년에게까지 내쫓긴 신세인데 앞으로 자신은 무엇을 꿈꾸며 세상을 살아가야 한단 말인가.

어쩌면 자신이 자식들을 키우는 방식이 잘못되었는

지도 몰랐다. 돈만 있으면 무조건 행복할 것이라고만 알고 자식들에게 필요한 자금을 대주었다. 그게 자식을 위한 사랑이라고 자부하며 여태까지 살아왔다. 타인들이 자신을 푼수라고 뒤에서 수군수군해도 귀를 틀어막았다. 그래야만 시장 사람들과 어울리면서 장사를 할 수가 있었다. 괜히 자존심을 드러냈다간 자칫 거래처를 다른 상인한테 뺏길 수도 있었다. 그런데 지금 딸년은 엄마를 내쫓고, 아들놈은 주식투자 명목으로 노후 자금을 갖고 가 주지 않으려고 한다. 여전히 늙은 엄마 등에 빨대를 꽂고 있는 게 아닌가.

명자는 흐르는 눈물을 손등으로 쓱쓱 닦아내곤 가슴을 두 손으로 움켜쥔 채 숨을 길게 내쉰다. 희선의 말대로 비상금만은 절대 말하지 않았어야 했다. 그런데 자신은 그만 어리석은 행동을 하고 말았다. 달콤한 말은 조심해야 하고 가시가 돋친 충고는 잘 새겨서 들어야 하거늘, 귀가 얇아서 그걸 미처 깨닫지 못했다.

명자는 가까스로 몸을 추스르며 자리에서 일어난다. 낼 아침 일찍 공판장에 들어갈 아들의 물건을 미리 장만해 두려면 마냥 손을 놓고 있을 순 없었다. 아들의 말마따나 원금에서 한 푼도 까먹지 않았으니 그걸 다행이라 여기며 명자는 애써 기운을 차려본다. 그러고는 수미에게 전화를 해본다. 하지만 수미는 여전히 전화를 받지 않는다.

남편은 진절머리가 날 정도로 꼴 보기가 싫어도 어쩐지 수미는 시간이 흐르면 흐를수록 걱정이 되고 보고 싶어진다. 아무리 엄마에게 못된 짓을 해도 자신이 열 달 배 아파 낳은 자식이다. 그래도 한때는 엄마에게 잘한 적도 있다. 인터넷에서 음식 레시피를 뒤져가며 별미도 해주었고, 훗날 엄마가 아파서 자리에 드러눕게 되면 요양원에는 절대 보내지 않고 자신이 돌봐주겠다는 말도 종종 했다. 수미의 까다로운 성깔만 건드리지 않으면 그런대로 살아갈 수도 있었다. 아빠하고 소통하지 않고 지낸다는 남편의 말에 요즘 수미가 어떻게 지내는지 무척 궁금하고 걱정도 되었다.

평소에도 명자는 자신이 집을 나가겠다는 말을 딸에게 툭하면 푸념처럼 내뱉었다. 그렇다면 정말 그 때문에 수미가 엄마를 쫓아냈을까? 명자는 고개를 절레절레 흔든다. 형민의 말처럼 분명 다른 이유가 있으리라.

명자는 그것을 알고 싶어진다. 수미의 속내가 과연 무엇인지. 이럴 줄 알았더라면 지난번 수미가 화해의 손을 내밀 때 그냥 받아줄 것을, 하고 명자는 뒤늦은 후회를 해본다.

그러고 보니 작업장에서 수미와 함께 일한 지도 벌써 십 년의 세월로 접어들고 있다. 명자는 수미가 기술을 익혀 평범하게 살아가길 그토록 바랐다. 그래서 전문대를 졸업하고 얼마 후 양초 공예를 배울 수 있는 학원을 물색해서 서울로 보냈다. 학원비와 생활비를 대주며 사회에서 홀로 살아갈 수 있도록 자립심을 키워주려고 무진 애를 써봤다. 수미가 인간관계에 문제가 있다는 걸 알고 있었기에 뭔가 배우게 해서 나중에 가게라도 차려줄 계획이었다. 그렇게 경제적 자립심부터 키워준 뒤 시집도 보낼 생각이었다. 하지만 수미는 새로운 환경에 적응하지 못했다. 명자는 낯선 서울에 수미만 덩그러니 두는 게 왠지 불안해서 나중에는 며느리와 함께 살게 하였다. 물론 며느리를 수미와 같은 학원에 보내주면서 학원비도 대주었다. 며느리는 그와 관련된 자격증을 취득했지만, 수미는 도통 자격증에는 관심조차도 없었다. 오로지 자기가 하고 싶은 것만 골라서 만들다가 일 년 후, 도로 집으로 내려와 버렸다. 며느리는 그때 딴 자격증을 갖고 집 근처에서 공방을 차려 취미 삼아 부업을 하고 있는데 말이다. 다시 집으로 돌아온 수미는 몇 년 동안 자기 방에 틀어박혀 컴퓨터에만 집중했다. 그러다가 하루는 오빠 형민이 자기 일을 도와주면 용돈을 두둑하게 준다는 말에 흔쾌히 승낙하곤 그때부터 함께 일하게 되었다.

금세라도 저만치에서 수미가 웃으며 달려올 것만 같다. 수미에게 제발 예전처럼 오빠 일을 도와주라고 통사정이라도 해보고 싶은 명자의 절박한 심정이다. 그렇다고 자신이 제 발로 직접 집으로 찾아가 수미를 만난다는 건 너무나 굴욕적으로 느껴져 명자는 그것만은 차마 할 수가 없다. 이럴 땐 희선에게 전화해서 자신의 답답한 속을 확 풀고 싶어진다. 그러나 차를 뽑았다고 뻥 치면서 자랑질까지 했는데 지금에 와서 무슨 변명을 한단 말인가. 명자는 한동안 허공을 바라보며 한숨만 푹푹 내쉬다가 이윽고 마음을 다잡고는 본격적인 작업으로 들어간다.

# 7

 

한낮 햇볕이 따갑다. 희선은 고개를 들어 하늘을 올려다보다가 얼른 창고로 가 냉동실에 있던 묵은 참깨를 꺼내온다. 작년에 먹다가 남은 깨가 한 말은 더 남아 있었다. 이렇게 볕이 쨍쨍할 때 참기름을 짜야 그 양도 더 나올 듯했다. 정원 한쪽에 있는 물 부엌에서 희선은 너른 대야에 깨를 쏟아부어 두 번이나 씻어낸다. 그러고는 물기가 있는 깨를 마당 한가운데 돗자리를 펼치고는 볕이 골고루 잘 들도록 이리저리 뒤척거린다.

이어서 현관 앞 너른 데크에 퍼질러 앉아 쑥을 다듬기 시작한다. 어제부터 근처 밭 주위나 들판에서 캔 쑥이 바구니마다 가득가득 담겨 있다. 쑥향이 향기로운 봄철에는 쑥개떡이 제맛이라고 희선은 생각한다.

희선은 가족들이 쑥개떡을 먹을 것을 생각하니 절로 손길이 바빠진다. 물론 쑥개떡은 자신도 무척이나 즐겨 먹는 편이다. 그래서 해마다 연례행사처럼 만들어 먹곤 한다. 특히 입맛이 없을 때 냉동실에 보관해둔 떡을 몇 개 꺼내 전자레인지에 살짝 돌려 꿀을 찍어 먹으면 한 끼 식사로도 충분했다.

오후 두 시가 되자 깨가 보슬보슬 잘 말라 있었다. 희선은 부리나케 참깨와 깨끗이 씻은 쑥을 차에 싣는다. 지난번 며느리에게 용돈을 받아놓고도 그 답례를 하지 못한 게 몹시 마음에 걸려 이참에 쑥개떡을 넉넉하게 만들어 택배로 보내주고 싶었다.

서둘러 동네 떡방앗간에 도착하자 젊은 여자가 삶은 쑥이 가득 들어 있는 큰 대야를 갖고 와서 먼저 기다리고 있다. 여자는 쌀 10kg과 설탕을 별도로 갖고 온 것을 주인아저씨에게 내밀며 그것을 쑥과 함께 반죽만 해달라고 부탁한다. 희선은 호기심 가득 찬 눈빛으로 여자에게 어떻게 쑥개떡을 해 먹느냐고 물어본다. 여자는 반죽한 것을 여러 개로 등분하여 따로따로 비닐 팩에 넣어 냉동실에 보관했다가 아이들이 먹고 싶다고 할 때마다 한 봉지씩 꺼내 만들어준다고 대답한다. 무엇보다 쑥이 듬뿍 들어가서 그 향과 맛이 너무 좋고 건강에도 좋으니 가족들이 즐겨 먹는다고 덧붙인다. 순간 희선은 자기 며느리도 이처럼 아이를 낳고 알뜰하게 살림하면서 남편과 오순도순 살면 얼마나 좋을까, 하고 생각하며 여자를 대견스럽다는 듯이 바라본다. 요즘은 어떤 종류의 떡이라도 먹고 싶은 것이 있으면 마트에서 편리하게 살 수가 있다. 하지만 여자는 자기 가족을 위해 정성껏 쑥개떡을 만들고 있다는 게 참으로 보기가 좋았다.

희선은 방앗간 한쪽에 있는 의자에 앉아 쑥과 쌀이 섞여 반죽을 만드는 과정을 가만히 지켜본다. 아저씨는 먼저 빻아놓은 쌀가루에 삶은 쑥과 설탕, 소금 약간 넣고 그것들을 골고루 손으로 버무려 적당히 반죽한 뒤 기계속에 집어넣는다. 금방 말랑말랑한 반죽이

기계에서 미끄럼틀을 타듯 쭉쭉 내려오기 시작한다. 쑥의 양이 많아서인지 반죽은 아주 짙은 초록색이다. 저토록 많은 양의 쑥을 대체 어디에서 뜯었냐고 희선이 물어보자 여자는 이틀 동안 해안가 근처에서 뜯은 것이라고 말한다. 정말 알뜰한 살림꾼이 아닐 수 없다. 그런 여자의 모습에서 희선은 문득 자신의 젊은 날이 뇌리에 스치고 지나간다. 알뜰살뜰하게 절약하며 살았던 그 시절이 새삼스럽게 그리워지기도 한다. 옛 어른들이 젊음은 잠깐이라더니 자신이 막상 늙어보니 세월이라는 게 너무나 빠르다는 것을 희선은 뼈저리게 느낀다.

가슴속에 꿈이 머물던 지난 젊은 시절이 얼마나 좋았던가. 그런데 도전도 해보지 못한 슬픈 자신의 꿈은 이렇게 늙어서도 미련처럼 가슴에 남아 있다. 평생을 전업주부로만 살다가 보니 어느새 꿈은 마음에서 벗어나 그 흔적만이 가슴에 남아 있을 뿐이다. 그토록 소중하게 품어왔던 작가라는 꿈. 만약 마법의 힘으로 다시 과거로 돌아갈 수만 있다면 그 시절 이루지 못한 꿈에 다시 도전해 보고 싶어진다. 영화 '수상한 그녀'처럼 말이다. 그날 영화 속 주인공 오두리를 보며 자신이 그 얼마나 대리만족을 느꼈던가. 그녀가 불렀던 〈나성에 가면〉 노래는 아직도 자신이 자주 즐겨 부른다. 젊음이 그토록 소중하다는 것을 왜 그때는 몰랐을까. 희선은 손자 수호를 떠올려본다. 자신의 머릿속에서 영 지워지지 않던 손자의 글이 지금껏 머릿속에서 뱅글뱅글 맴돌고 있다. 그래서일까. 막연하게만 생각했던 지난날 꿈도 한꺼번에 되살아나 자신의 마음을 온통 뒤흔들고 있다.

쑥개떡 반죽이 끝나자 여자는 희선에게 고개를 까닥 숙여 인사하곤 떡방앗간을 떠난다. 희선은 그제야 자신이 가지고 온 쑥을 주인에게 건넨다. 작년까지만 해도 자신도 쑥을 삶아서 개떡을 만들었다. 그런데 아저씨가 생쑥을 넣어 만들면 그 빛깔이 더 곱고 향도 깊다기에 이번에는 그냥 생쑥으로 갖고 왔다. 때마침 참기름이 다 짜지자 희선은 아저씨에게 쑥개떡을 부탁하곤 떡방앗간에서 나온다.

땅거미가 내려앉을 즈음 쑥개떡이 다 되었다는 연락을 받고 희선은 바삐 떡방앗간으로 향한다. 가게로 들어온 희선의 두 눈이 동그래진다. 널찍한 스테인리스 테이블에는 꽃무늬가 박힌 쑥개떡이 다섯 개가 한 묶음씩 되어 일회용 납작한 종이 용기에 소포장 되어 있다. 쑥이 많이 들어가서인지 그 빛깔이 짙은 초록색이다. 군침이 돌만큼 정말로 먹음직스럽다.

한껏 들뜬 마음으로 집으로 돌아온 희선은 떡을 부엌 바닥에 가지런히 정리한 후 사진부터 찍어 딸 미영의 카톡으로 보낸다. 곧바로 미영에게서 전화가 걸려온다.

"엄마, 올해는 쑥이 굉장히 많이 들어갔나 봐요. 빛깔이 아주 진해서 정말 맛있어 보여요."

"그래? 이번엔 엄마가 일부러 쑥을 많이 넣었지. 수호도 이 떡을 엄청나게 좋아하잖니. 그리고 참, 그 앤 어쩜 그렇게 글도 잘 쓰냐? 생각할수록 참 기특하단 말이야. 누굴 닮았을까?"

"그야 외할머니를 닮았지. 엄마도 예전에는 작가가 되는 게 꿈이었다면서요? 제주도에 있을 때 할머니가 손자의 감수성을 키워줘서 그렇죠."

"그런 거라면 그건 내가 아니고 할아버지야. 할아버

지가 손자에게 제주의 자연을 두루두루 보여줬잖니. 그보다 감수성도 중요하지만 타고난 재주가 없으면 그렇게 글을 잘 쓰지 못해. 아무튼 수호는 정말 대단하다니까!"

"엄마, 수호는 뭔가 특별한 게 있나 봐요. 작년부터 피아노 학원에 보냈는데 벌써 선생님이 전공시키라는 말까지 나온다니까요. 작곡도 곧잘 잘해요."

"그렇다면 걘 영재가 틀림없어. 너도 수호를 그냥 두고만 보지 말고 이참에 전문가한테 검사를 한번 받아봐라."

"에이, 수호는 엄마가 기대하는 영재는 아니라니까요. 제가 저번에도 말했지만, 그냥 똑똑한 아이예요. 그렇지만 엄마 말대로 언제 기회가 되면 검사는 한번 받아볼게요. 그리고 엄마, 우리한테는 떡을 보내지 마요. 다음 달 여름휴가 때 우리가 제주에 내려가서 먹을게요. 그러니까 일부러 보내지 마요. 참, 올케언니가 제주에 갔었다면서요?"

"아니 네가 그걸 어떻게 알았냐?"

"에이, 그런 말을 왜 저한테 안 해줘요? 그게 뭐 숨길 일이라고."

"그게 아니라 엄마는 그냥…."

희선이 끝말을 얼버무리자 이내 미영의 목소리 톤이 높아진다.

"혹시 올케언니가 엄마네 집 얘기를 꺼내지 않던 가요?"

"네 올케가 왜? 그날 거래처 회사에 볼일도 있어서 잠깐 들렸다던데. 엄마한테 용돈까지 두둑하게 챙겨주 고 갔어."

"아아 그랬구나. 그나저나 엄마, 요즘 아들과 딸을 구분하지 않는다는 거 잘 아시죠? 뭐든지 공평하게 나 눠줘야 해요. 물려줄 유산까지도요."

"뭐, 뭐라고?"

"엄마가 더 나이가 들고 몸도 아프시면 어차피 지금 집을 처분해야 하잖아요. 그때 오빠와 저랑 재산을 공 평하게 나눠달라는 거죠. 오빠와 내가 서로 얼굴 붉히 게 하면 절대 안 돼요! 며칠 전에 오빠랑 통화하면서 그런 말도 했거든요."

"뭐야? 그래서 예전부터 너희들이 나더러 이 집 팔고

실버타운으로 들어가라고 했던 거야? 이 집 팔아서 남은 돈을 서로 나눠 가지려고?"

딸의 말에 신경이 민감해진 희선은 순식간에 화가 치밀어오른다. 그렇지 않아도 그날 며느리가 눈도장만 찍고 손님처럼 휭 가버린 게 못마땅했는데 이제 자식들은 엄마 걱정은 뒷전이고, 재산에만 눈독을 들이고 있는 듯해서 왈칵 짜증이 났다. 그러고 보면 명자네 자식들만 나무랐는데 자기 자식들도 매일반이다. 희선은 땅이 꺼질 듯한 한숨을 크게 내쉰다.

"엄마, 왜 그래요? 예전에 이런 말을 해도 아무렇지 않게 받아들이더니 오늘은 왜 그렇게 역정을 내요? 난 그냥 별 뜻 없이 말한 것뿐이란 말이에요."

미영이 당황함을 감추지 못하고 억울하다는 듯이 말을 하자 희선은 간신히 호흡을 가다듬는다. 요즘 자신이 스트레스가 많이 쌓여 있는 것은 분명하다. 얼마 전 승용차를 뽑았다고 명자가 자랑질한 것도 그렇고, 자신의 자존심을 묘하게 비틀어대는 듯한 명자의 태도와 말투에도 상당히 기분이 좋지 않았다. 그런데 자식들마저 뜬금없이 재산에 눈독을 들이고 있다고 생각하자 참았던 스트레스가 한꺼번에 확 올라오고 말았다.

"그래, 요즘 엄마가 너무 예민해져 있는 것 같구나. 하지만 다신 엄마가 사는 집에 관해선 어떤 말도 꺼내지 않았으면 좋겠구나. 전에도 말했듯이 엄마는 아빠처럼 이 집에서 눌러살다가 때가 되면 죽는 게 마지막 바람이야. 엄마가 죽고 나면 그때는 너희들이 알아서 이 집과 정원을 처분하거라. 아까는 엄마가 화를 내서 미안하구나."

"아, 아니에요. 제가 죄송하죠. 괜히 말 한마디 잘못 꺼내서 엄마 심기를 불편하게 해드렸잖아요. 그럼 편히 주무세요!"

미영이 전화를 끊자 희선은 부엌 바닥에 펼쳐 놓았던 떡들을 모두 냉동실에 집어넣는다. 택배로 보내려던 생각이 한순간에 싹 가시고 말았다. 마음이 영 편치가 않으면서 삽시간에 알 수 없는 서글픔마저 스멀스멀 목구멍으로 올라온다. 갑자기 마음이 공허해지자 희선은 쑥개떡 서너 개를 둥글고 하얀 도자기 접시에 담고는 거실 소파에 앉아 물끄러미 창밖을 바라본다. 바깥은 어느새 시커먼 어둠이 밀려와 있다. 오늘 하루도 후

딱 지나간다. 이렇듯 늙을수록 시간은 빨리 흘러가고 있다. 이러다가 갑자기 죽음 또한 맞이하게 될지도 모른다. 희선은 문득 밑이 저승이라는 노년의 시간을 마주하고 있다는 것을 실감하지 않을 수 없다. 언뜻 '인생은 풀잎에 맺힌 이슬이요, 바람 앞에 등불'이라는 말이 희선의 뇌리에 빠르게 스치고 지나간다.

올해 들어 부쩍 지인의 부고 문자를 많이 받았다. 그 때문인지 하루의 삶이 희선에게는 더욱 소중하게 느껴진다. 그렇다고 매사가 그렇다는 것은 아니다. 때때로 이유도 없이 찾아오는 외로움과 고독함이 자신을 무기력증에 빠져들게 만들기도 하였다. 그럴 때마다 삶이 갖는 허무감이 가슴으로 밀려왔다. 그러기에 인간은 운명의 수레바퀴처럼 돌아가는 삶에서 영영 벗어날 수 없다고 했는지도 모른다. 그게 슬프게도 인간의 굴레이다. 그렇다면 이제 자신에게도 신앙심이 필요하지 않을까? 믿음 안에서 마음의 평화와 위안을 찾을 수만 있다면 적어도 문득문득 찾아오는 인생의 허무감에서 벗어날 수는 있으니 말이다. 생각해 보면 종교는 늙어갈수록 더 필요한지도 모를 일이다. 자신이 지금은 딱히 종교를 마음에 두고 있지는 않지만, 언젠가 마음의 동반자인 종교가 필요하다는 것만은 심적으로 느끼고 있다. 하지만 종교를 선택하는 일이 희선의 생각처럼 잘되질 않았다.

사후 세계에 대한 믿음이 부족해서일까? 아니면 삶의 집착 때문일까? 뭐든 훌훌 털어버리지 못하고 일상에 사로잡혀 있어서인지 종교를 선택하는 일 또한 하루하루 뒤로 미뤄지고 있다. 신이 있는지 없는지는 알 수 없으나, 그렇다고 이대로 아무런 마음의 준비도 없이 인생을 살다가 어느 날 갑자기 죽음의 사자가 데리러 오면 그 뒤를 졸졸 따라갈 순 없지 않은가.

이제껏 어떤 확고한 신념을 갖고 인생을 살아온 것은 결코 아니다. 하지만 지금쯤은 자신만을 위한 웰다잉에 대한 준비가 필요할 때라는 것만은 스스로 잘 인식하고 있다. 매일매일 정원 일을 가꾸며 남은 생을 보낼 수만도 없는 노릇이기 때문이다. 내일을 알 수 없는 게 목숨줄이기에 정리해야 할 게 있으면 미리미리 해둬야 한다. 조금 전, 통화에서 딸이 말할 것처럼 재산을 놓고 자식들이 서로 얼굴을 붉히는 일이 없도록 미리 유언장도 작성해 놓는 게 아무래도 지혜로운 일이리라. 그리고 비록 늦었지만, 자신도 마음속에 꽁꽁 묻어두기만 했던 글을 써보는 일도 무엇보다 절실히 필요하다는 것을 느끼게 된다. 이제 더는 머뭇거릴 시간이 없다. 생의 마지막 죽음의 문턱에서 지난 삶을 결코 후회하고 싶지는 않기 때문이다.

희선은 쑥개떡의 맛을 제대로 느끼지도 못한 채 연신 포크로 찍어 꿀에 적혀 입안으로 밀어 넣는다. 요새 뭔가를 먹어봐도 자꾸 뱃속이 허기가 진 것처럼 공허감만 찾아온다. 희선은 떡을 먹다 말고 안방으로 와 침대 머리맡에 등을 기대어 앉는다. 늙으면 잡생각이 많아서인지 잠도 쉽게 오질 않는다. 그래서 간혹 수면제 한 알을 입안에 털어놓고 잠을 청할 때도 있다. 그때 불현듯 어느 박사의 글이 떠오른다. 박사는 세상을 곧 떠날 요양원에 계신 노인분들에게 오픈 설문조사를 하였다. 〈당신들이 다시 세상에 태어난다면 무엇을 하고 싶은가?〉 그 질문에 세 가지를 설문지에 적어보라고 했더니 그들에게서 세 가지 공통점을 찾을 수 있었다.

첫째, 자신이 하고 싶은 것을 하고 살자.

둘째, 가슴에 맺힌 것을 풀고 살자.

셋째, 베풀며 살자.

만약 이런 설문지가 자신에게 던져진다면 과연 무엇을 쓸까? 곰곰이 생각하던 희선은 별안간 명자가 보고 싶어진다. 멀리 있는 자식보다는 그래도 가까이 사는 벗이 소중하다는 생각이 번쩍 든 것이다. 서로 생각은 달라도 늙어가면서 외롭게 살아가는 처지가 아닌가.

딸과의 통화에서는 자신은 죽을 때까지 이 집에서 살겠다고 했지만 사실 앞으로 어떻게 될지도 모르는 게 늙은이의 삶이 아닌가. 희선은 명자와 서로 마음을 의지하며 남은 인생을 소통하면서 잘 지내고 싶어진다. 돌이켜 생각해 보니 여태까지 자신이 먼저 명자한테 안부 전화를 걸어본 적은 별로 없었다. 또한 솔직하게 속내를 드러낸 것도 손꼽을 정도라는 것을 뒤늦게 깨닫는다. 희선은 곧장 명자에게 전화를 걸어본다. 명자가 기다렸다는 듯이 전화를 받자 희선은 일부러 활기찬 목소리로 말한다.

"명자야, 지금 뭐 해?"

명자가 힘없는 목소리로 대답한다.

"으응. 그렇지 않아도 너한테 전화하려던 참이었어. 일단 사과부터 하려고."

"웬 뜬금없는 사과?"

"지난번에 차를 뽑았다고 말한 거 사실은 계약만 했던 거였어. 근데 며칠 전에 그거 취소했어. 그 말을 하려고 했는데 도저히 입이 떨어지지 않아서 말이야. 나 정말 한심하지 않니?"

"그럼 주식투자로 벌었다는 그 돈은 뭔데?"

"물론 그때는 분명 벌었는데 다시 그 돈을 날려버렸던 거지 뭐."

"그렇다면 네 돈에 손실이 많이 났다는 거야?"

"그건 아니고. 아들 말에 의하면, 수익 난 돈만 손실이 난 거라나 뭐라나. 나도 뭐가 뭔지 통 모르겠어. 요즘 골머리가 콕콕 아파 죽겠다니까."

뜻밖의 소식에 희선은 머리가 멍해진다. 그나마도 원금에서 손실이 나지 않았다니 그 얼마나 다행한 일인가. 잠시 우물쭈물 망설이고 있던 희선도 속내를 슬슬 풀어놓기 시작한다.

"명자야, 이제 나도 자식들을 믿지 않으려고 해. 안 그러면 자꾸 자식들에게 섭섭한 마음이 들어서 말이야. 그리고 더 늙어서 자식들에게 찬밥 신세가 되지 않으려면 지금부터라도 정신 바짝 차려야겠어. 어쨌거나 죽기 전까지는 가진 돈이 있어야 하니까. 너도 쌈짓돈을 잘 챙기렴. 네 아들이 그 돈으로 주식을 샀다면 어쩔 수 없지만, 그렇지 않다면 아무래도 네가 그 돈을 관리하는 게 좋을 듯해."

"그건 네 말이 맞아. 아무튼 그 일 때문에 며칠 동안 불면증에 시달렸지 뭐야. 너한테 차를 뽑았다고 뻥 친 것도 너무 미안했고. 내가 못 말리는 푼수데기 같았거든."

"뭐 네가 일부러 그런 것도 아니잖아. 참, 이참에 우리도 밖에서 한 번 만나는 게 어때? 이렇게 통화만 할 게 아니라 어디 분위기 좋은 음식점에서 식사도 하고 카페에서 커피도 마셔보자꾸나!"

"조오치! 오랜만에 기분도 확 풀어볼 겸 그러자꾸나."

두 사람은 일주일 후에 만나기로 약속하고는 통화를 끊는다.

8

명자는 주식으로 대박을 꿈꾸던 희망이 사라진 후
부터 좀처럼 기운을 차리지 못하고 있다. 더구나 장사
를 끝내고 집으로 돌아오면 몸은 만신창이가 되어버렸
다. 작년보다 분명히 일은 덜 하는데도 자꾸만 피로감
이 몰려오고 팔다리도 쿡쿡 쑤셔댔다. 통장에 남아 있
던 돈도 점점 줄어들자 삶의 의욕마저 잃어간다. 명자
는 자신의 인생이 너무도 초라하게 느껴지자 몸은 끝
없는 어둠 속으로 떨어져 내려가는 듯한 처참한 고통

마저 느낀다. 이래서 빈곤해진 노인들이 스스로 자살을 하는 것은 아닐까?

어둠침침한 방에 불도 켜지 않은 채 방바닥에 누워 있던 명자는 절벽 같은 절망감이 찾아오자 불현듯 부산에 있는 언니를 떠올려본다. 지금쯤이면 가게 손님들이 거의 빠져나갈 시간이다. 명자는 벌떡 일어나 앉아서 벽에 등을 기댄 채 휴대폰에 저장해둔 언니의 전화번호를 찾는다. 그러고는 잠깐 망설이다가 이내 꾹 눌러본다. 휴대폰 너머로 언니의 목소리가 들려온다.

"언니, 나 명자예요. 그동안 잘 지냈어요?"

"하이고야, 명자야. 니 참말로 오랜만에 전화했데이."

언니가 반가워하자 명자는 괜스레 미안해진다. 이럴 줄 알았으면 진작에 안부 전화라도 하면서 지낼 것을. 명자는 계면쩍은 표정을 짓는다.

"건강은 괜찮으세요?"

"뭐 나야 맨날 장사하느라 정신없이 바쁘게 산다. 이게 대체 몇 년 만이고? 그나저나 네 장사는 잘되고 있나? 시원치 않으면 당장 때려치워 뿌리고 부산에 와서 언니랑 같이 장사하면 좋겠구먼. 언니 장사가 참말로 괜찮데이. 그러니 명자 너도 언제든 생각이 있으면 언니한테 오거래이."

"어휴, 저더러 미끌미끌한 장어를 잡으라고요? 전 장어만 보면 꼭 뱀 같아서 징그럽단 말이에요. 아무리 돈 많이 번다고 해도 그 장사는 절대로 못 한다니까요. 언니 혹시, 칠현리에 있는 그 땅…, 요즘 얼마나 해요?"

"야야, 지금 같은 세상에 누가 그런 촌구석에 박힌 땅을 사겠노? 명자 너 돈이 필요해서 그러나? 그 땅은 부동산에 내놓아도 살 사람이 아무도 없다. 어쩌겠노? 어차피 내 이름으로 등기가 되어 있으니 나라도 도로 사야지."

"그동안 언니는 돈을 많이 벌었나 보네요. 선뜻 내 땅도 사준다고 하고요."

명자가 부럽다는 듯이 말하자 언니는 잠시 침묵하다가 이윽고 차분히 가라앉은 목소리로 말한다.

"명자야, 예전에 어머니가 네 걱정을 참 많이 했데이. 결혼식을 올려주지 못한 게 늘 마음에 걸린다고. 그러면서 나한테 누누이 부탁하더라. 네가 혹시라도 곤경에 처하게 되면 꼭 도와주라고 말이다. 네 지금 많이 어려운 거 맞제?"

"그래요. 장사를 해봐도 손에 잡히는 돈도 없고. 마음 같아선 당장 절집에 들어가 허드렛일을 거들면서 여생을 보내고 싶은데 제가 그럴 처지도 못 되고요. 그저 하루하루 살아가는 게 막막해지네요."

"명자야, 아무 걱정하지 마라. 나중에 언니가 그 땅에 암자라도 지을 테니 그때 언니랑 함께 살자. 언니도 이 장사를 언제까지 할지도 모르겠다. 아침부터 저녁 늦게까지 일하는 것도 이제 힘에 부쳐 힘들데이. 땅값은 언니가 조만간 네 통장으로 송금해 줄 테니 기운을 내라, 알았제? 그리고 이참에 바람이라도 쐴 겸 부산에 한번 놀러 오거래이."

"정말 고마워요, 언니!"

한순간에 울컥하는 마음이 올라오자 명자는 전화를 끊고는 어둠 속에서 꺼이꺼이 울음을 토해낸다. 인생에서 가장 어렵고 초라할 시점에 언니가 자신을 따뜻하게 감싸주자 명자는 마치 신이 내린 은총처럼 언니가 더없이 고마웠다. 명자는 연신 눈물을 훔치며 피를 나눈 자매지간이 얼마나 소중한 혈육인지를 뒤늦게 깨닫는다. 그 덕분에 가슴에 남아 있던 어머니에 대한 원망도 얼음 녹듯이 사르르 녹아든다.

언니는 상업고등학교를 졸업하자 곧장 부산으로 건너갔다. 그곳에서 방직 공장 사무원으로 몇 년 동안 일하다가 어느 늦은 가을, 개인택시 기사인 형부를 만나 결혼했다. 하지만 형부가 화투에 손을 대면서 부부싸움이 잦았고 마침내 형부의 도박 빚을 갚으려고 언니는 안 해본 일이 없을 정도로 고생을 많이 했다. 평소 음식 솜씨가 좋은 언니는 식당 주방일을 해오다가 그 경험으로 어렵사리 부산 자갈치 시장 골목에서 장어집을 차렸다.

어느덧 세월이 흘러 장성한 외아들은 결혼했고 그토록 마음고생시켰던 형부는 한쪽 신장 기능이 안 좋다는 진단을 받으면서부터 새사람이 되었다. 그 뒤로 언니가 가게에서 일하는 동안 형부는 성실하게 집안 살림을 도맡아 해줬다. 아버지가 돌아가신 때 제주에 온 언니는 이런저런 자신의 지난 이야기를 명자에게 들려주었다.

희선은 거실에서 자세를 바르게 하고 앉아 찻잔에 엷은 녹색의 차를 따라 마셔본다. 입안에 감도는 녹차에서 풍려한 맛과 향기가 묻어난다. 역시 사람의 마음을 편안하게 해주는 것은 차 한잔 마실 수 있는 마음의 여유가 아닐까. 희선의 뇌리에서 언뜻언뜻 과거의 자신과 오늘의 자신이 스치고 지나간다. 지나간 삶은 언제나 미련으로 남는 법이다. 그러나 인생 후반에선 그 어떤 미련이나 집착에서 벗어나야 한다. 자기 결정권을 갖고 삶의 가치를 어디 두고 있는가에 따라 이제 자신도 변하지 않으면 안 된다고 생각하며 희선은 마음을 가다듬는다.

향긋한 차 맛이 혀끝에서 맴돈다. 차를 혼자 마시면 탈속하고, 두 사람이면 한적하여 좋고, 서너 명이면 즐겁고, 대여섯 명이면 들뜨며, 일고여덟 명이면 베풀고, 그것을 넘으며 또한 잡스럽다는 글귀를 어느 책에서 본 적이 있다. 희선은 그 글귀를 기억에서 떠올리며 창 너머 정원을 바라본다.

홀로 있는 시간이 한가로워서일까? 희선은 요새 남편이 보던 책들을 책장에서 하나씩 꺼내 읽어보고 있다. 남편은 주로 인생철학이 담긴 책을 즐겨 읽었다. 자신도 남편이 예전에 그런 것처럼 독서를 하다가 보니 어느 순간 일상의 집착에서 차츰 벗어날 수 있었다. 이런 자신이 때로는 텔레비전에 나오는 '나는 자연인이다' 프로의 주인공처럼 느껴질 때도 있다.

희선은 이틀 전 아들과 딸에게 쑥개떡을 택배로 보내면서 명자에게도 떡을 작은 상자에 넣어 예쁘게 포장해서 갖다 줬다. 명자가 무척이나 기뻐하는 모습을 보자 희선도 덩달아 기뻤다. 명자는 그새 기가 많이 죽어 있었다. 전처럼 주식에 대한 그 어떤 말도 하지 않았다. 그래도 장사만큼은 예전과 변함없이 똑순이처럼 매일매일 열심히 하고 있었다.

딸 미영은 이번 여름휴가는 제주도가 아닌 강원도로 떠나기로 했다며 극구 떡을 보내지 말라는 것을 희선은 그냥 보냈다. 지난번 통화에서 딸에게 남아 있을 섭섭함을 어떻게든 달래주고 싶었다. 물론 그 일에 대해선 명자의 도움의 컸다. 희선은 딸과의 통화에서 느낀 섭섭한 감정을 명자한테 솔직하게 털어놓았다. 명자는 별 쓸데없는 일에 신경을 다 쓴다고 오히려 희선을 힐책했다. 제발 예민하게 굴지 말고 대충대충 넘어가라고. 딸의 진심을 모르면서 괜히 혼자 생각하고 추측하는 게 고질병이라고 명자는 희선에게 일침을 놓기도 하였다. 그래서일까, 자식들을 바라보는 자신의 마음을 다시 돌아볼 수 있는 계기가 되었다. 우선은 자식들의 의견도 매우 중요하다는 것을 인정해야만 했다. 자신이 먼저 생각을 바꿔야 인생이 편하다는 걸 알았다. 앞으로 자식들과 소통을 잘하려면 그들의 감정을 이해해야 한다는 사실도 희선은 깊이 깨달았다.

생각을 정리하던 희선은 다 마신 찻잔을 치우고는 자리에서 일어난다. 오늘이 바로 명자와 만나기로 약속한 날이다. 희선은 옷장에서 통이 넓은 청바지와 흰색 반 팔 티셔츠로 바꿔 입고는 모자와 선글라스를 챙긴다. 벌써 약속 시간인 정오가 되어가고 있다.

명자의 트럭이 정원 앞에 도착하자 희선은 트럭이 있는 곳으로 달려간다. 명자는 활짝 웃으며 희선을 운전석 옆좌석에 태우곤 야트막한 오르막이 있는 방향으로 직진한다. 잠시 뒤, 막 골목을 빠져나려고 할 때 어디서 나타났는지 느닷없이 목줄이 풀린 커다란 검둥개가 트럭 앞을 딱 가로막는다. 깜짝 놀란 명자가 끼익, 급브레이크를 밟아대며 소리친다.

"얀마, 저리 비키지 못해!"

명자가 열린 차창으로 버럭 소리를 질러도 개는 꿈쩍도 하지 않고 컹컹 짖어댄다. 명자가 희선에게 고개를 돌린다.

"참, 넌 왜 개를 키우지 않니?"

"그냥 싫어. 남편이 죽은 후 난 개가 짖어대는 소리만 들으면 잠을 제대로 잘 수가 없어. 예전엔 개들이 밤마다 서로 약속이라도 한 듯 컹컹 짖어대는 바람에 얼마나 신경이 곤두섰는지도 몰라. 그때만 해도 우리 집이 시골이었지. 이젠 주변에 개를 묶어 키우는 사람도 별로 없어."

"그럼 혼자 있으면 무섭지 않아?"

"처음엔 좀 그랬는데 이젠 괜찮아. 도둑이 든다고 해도 늙은이 집에 들고 갈 물건도 없잖아."

"요즘은 무서운 세상이야. 도둑보다 낯선 사람을 더 조심해야 해. 재수 없으면 당한다고. 혼자 산다고 너무 방심하지 말고 항상 문단속을 잘해라. 이젠 네 집 땅값도 많이 올랐지? 어느샌가 주변에 다가구와 나홀로 아파트들도 많이 들어섰던데. 너희 자식들이 눈독을 들일 만도 하겠어."

"명자야, 이젠 그런 일에 신경 쓰고 싶지 않아. 그냥 나만을 위한 삶을 살 거야. 두 다리가 이렇게 멀쩡할 때까지는 말이야."

"하긴. 네가 당장 집을 팔 것도 아닌데 뭐. 아무튼 넌 자식들에게 물려줄 재산이 있으니 얼마나 좋냐? 난 물려줄 게 없다 보니 아들놈이 비위 뒤틀리면 엄만 그동안 뭐 했냐고 따지면서 내 속을 박박 긁지 뭐야. 그래서 무자식이 상팔자라는 말이 있나 봐."

트럭이 잠시 멈춘 사이에도 개가 비키지 않자 명자는 빵빵 크락숀을 울려대며 고래고래 소리를 질러댄다.

"야, 개새끼야. 어서 비키지 못해! 주인이 주는 밥이나 처먹고 집을 잘 지킬 일이지 왜 뛰쳐나왔어? 배가 고파서 기웃거리는 저 꼴 좀 보라지, 쯧쯧!"

명자는 혀를 끌끌 차더니 자신이 먹다가 남은 빵조각을 찾아서 개가 있는 쪽 건너편으로 휙 던진다. 그제야 개가 그쪽으로 잽싸게 달려가더니 빵을 한입에 덥

석 문다. 그 틈을 타서 명자는 쏜살같이 골목을 빠져나온다. 입에 빵을 물고 있는 개를 희선은 힐끔힐끔 룸미러로 보다가 시선을 돌려 명자의 손등을 내려다본다. 시퍼런 핏줄이 유독 도드라져 있다. 명자는 해안도로 표지판이 있는 쪽으로 방향을 틀며 서서히 진입한다.

"희선아, 오랜만에 내 트럭을 탄 기분이 어때?"

"근데 넌 트럭이 있는데 왜 굳이 승용차를 사려고 해? 그럴 돈이 있으면 은행에 저축하는 게 낫지 않아?"

"그건 네가 내 입장을 몰라서 그래. 내가 어쩌다가 호텔에서 식사할 일이 있을 때 트럭을 몰고 가면 주차 요원이 입구에서 막아버린다니까. 물론 강력하게 막지는 않지만. 그래도 날 대하는 태도가 영 기분이 안 좋아. 왠지 무시하는 듯한 표정이거든. 그래서 나도 한번 멋진 승용차를 타고 인생을 살아봐야겠다고 생각한 거야. 그런데 뭔 팔자가 이리도 기막힌지. 우리 어머니 뜻대로 내가 물질을 그만뒀으면 좋은 남편이라도 만나야 할 게 아니냐고. 나쁜 놈만 만났잖아. 난 왜 평생 요 모양 요 꼴로 살아야 하는 거냐고. 젠장!"

명자의 푸념을 듣고 있던 희선은 별안간 화젯거리를

돌린다.

"명자야, 언니는 뭐해?"

"그렇지 않아도 어젯밤에 언니랑 통화했어. 부산에 한번 놀러 오래. 정말 여러모로 고마웠어. 혈육의 정이라는 게 어떤 것인지 느끼게 해줬으니까. 희선아, 넌 언제 차를 바꿀 거야? 아까 마당에 세워진 차를 보니까 바꿀 때도 된 것 같던데?"

명자는 언니에 대해 더는 말하고 싶지 않아 얼른 말꼬리를 돌려버린다. 희선은 손가락으로 차창을 툭툭 치면서 대답한다.

"차가 고장이 나면 그때는 나도 운전을 안 하려고 해. 면허증도 반납해 버리려고. 고령자는 시력과 청력은 물론 인지능력이 떨어지면서 사고 발생의 위험도가 높다잖아. 나한테도 그러지 말라는 법도 없어서. 나이가 들수록 운전하는 것도 겁이 나거든."

"그렇구나. 나처럼 트럭을 몰고 장사하는 사람은 운전대를 놓고 싶어도 놓지를 못해. 그래서인지 노년에 연금이 나오는 사람이 젤 부럽다니까."

"어디 세상을 돈으로만 사냐? 자기 일에 대한 성취

감도 있어야지. 난 네가 능력이 있어서 참 멋지더라. 그러니까 너도 기죽지 말고 이렇게 씩씩하게 살면 돼!"

"호호호 그래? 너니까 이런 말을 해주지. 넌 내게 천사 같은 친구니까."

"천사? 천사는 바로 너, 김명자 아니야?"

그때 탁 트인 바다가 시야로 들어오자 희선은 얼른 차창 밖 푸른 하늘을 올려다본다. 항공기는 하늘길을 가르며 쏜살같이 목적지를 향해 달려가고 있다. 인생이란 구름은 오늘도 변함없이 흘러가고 있다. 사방에선 비릿한 바다 내음이 물씬 풍겨온다. 명자는 저쪽 바다가 훤하게 펼쳐져 있는 해안도로를 따라 신나게 내달린다. 얼마쯤 달렸을까. 명자는 방파제가 있는 한쪽 공터에 차를 정차한다. 두 사람은 트럭에서 내린 뒤 근처를 잠시 배회하다가 이윽고 음식점이 즐비하게 늘어서 있는 가게 중 한 곳을 골라 들어간다.

바다가 보이는 창가에 앉아 둘은 새우토마토스파게티를 주문한다. 명자가 칼칼한 맛이 매력적이라고 몇 번 먹어본 적이 있다고 말하자 희선도 같은 메뉴로 주문했다. 음식이 나오자 두 사람은 서로 마주 보며 식사하고 있는데, 명자가 먼저 자기 남편이 작업장에 다녀간 이야기를 들려준다. 깜짝 놀란 희선은 음식을 다 먹은 후에야 조심스럽게 입을 뗀다. 오히려 잘된 일이라며 명자를 위로해 준다.

식사를 마치고 테이크아웃 커피를 들고 밖으로 나온 둘은 방파제 둑길 위를 걷다가 바다로 내려가는 연결 돌계단 중간쯤에 자리를 잡고 앉는다. 카페에서 마시는 커피보다는 바다의 향기를 직접 맡으며 마시는 커피가 더 분위기가 좋다며 둘은 서로 얼굴을 맞대며 속삭인다.

오늘처럼 밖에서 만난 건 정말 오랜만이다. 그동안 두 사람은 특별한 일 없이 따로 약속을 잡고 이렇게 만나지는 않았다. 서로의 삶이 달랐고 또 명자가 장사하느냐고 그럴 마음의 여유도 없었다. 할 말이 있으면 주로 명자가 전화하거나 희선의 집으로 직접 찾아오는 경우가 많았다. 물론 지난 몇 년 동안 코로나19 사태로 서로 만나지 못한 탓도 있었다.

커피잔이 절반쯤 비웠을 때 희선은 뭔가 골똘히 생각하고 있는 명자의 옆구리를 쿡쿡 찌른다.

"명자야, 지금 무슨 생각해?"

멍한 표정으로 먼바다를 바라보고 있던 명자는 당황한 듯 얼른 등줄기를 바로 세운다.

"으응. 잠깐 우리 아들 생각했어. 저번에 분명히 뭔가를 매수한 것 같은데 어떤 종목인지 알려주지 않잖아. 판도라의 상자는 나중에 열어봐야 한다면서. 내겐 장사나 열심히 하라지만 그게 어디 맘처럼 쉽냐고. 이제 그놈에게서 받을 돈은 이미 포기했어. 그렇지만 이왕지사 투자한 것이라면 제발 돈이라도 되었으면 하고 간절히 바라는 심정이지 뭐."

희선은 고개를 끄덕이며 시선을 바다 주변 쪽으로 돌린다. 드문드문 바위에 앉은 물새들이 먹잇감을 찾아 바다로 날아들기를 반복하고 있다. 수평선 저 멀리서 고깃배 한 척이 가물가물 보이기도 한다. 희선은 문득 어디론가 훌쩍 떠나고 싶어진다. 그때 명자가 희선 쪽으로 바짝 고개를 돌린다.

"희선아, 넌 무슨 생각을 해?"

"여행. 명자야, 우리 언제 함께 여행이라도 가볼까? 해외여행은 못가도 국내는 갈 수 있잖아. 더 늙기 전에 세상 구경도 할 겸 말이야. 너도 만날 장사만 하다가 늙어 죽을 순 없잖아? 어떻게 생각해?"

느닷없이 여행을 가자는 말이 나오자 명자는 눈을 깜박거리며 대답하지 못한다. 왠지 여행이란 어감이 낯설게만 느껴진 것이다. 이제껏 자신이 제주를 떠나 육지로 나가 본 일이라곤 양양 낙산사와 시댁 일로 남편과 함께 해남에 몇 번 가본 게 전부였다. 동창 모임에서 베트남이나 중국 등 단체 여행을 떠난다고 신청자를 받을 때도 자신은 매번 장사 때문에 갈 수가 없었다. 잠시 생각을 더듬던 명자는 이내 슬픈 미소를 지으며 말한다.

"네 말이 맞아. 나도 여행이라는 걸 가보고 싶어. 그럼 장사는 누가 하지?"

"어이쿠, 며칠 장사 안 한다고 당장 무슨 일이 생기겠어? 너 없으면 네 아들이 대신해 줄 거 아냐. 이참에 우리도 비행기 타고 육지여행을 떠나보는 거야. 더 늙으면 맘대로 떠날 수도 없잖아. 몸도 아프고 관절염으로 다리도 쑤셔서 그때는 만사가 귀찮아져서 말이야."

순간 명자는 퍼뜩 언니를 떠올려본다. 이번 기회에

언니를 만나보는 게 아무래도 좋을 듯싶었다. 명자는 환하게 미소를 짓는다.

"희선아, 이왕 말이 나온 김에 가을쯤 떠나는 게 어때? 나도 여행을 가서 그동안 쌓인 스트레스를 확 풀어버리고 싶거든."

"정말? 그럼 좋아. 그리고 명자야, 지금부터 네 손에서 떠난 돈에 대해선 더 이상 미련을 갖지 마. 남도 아닌 아들에게 넘어간 돈이잖아. 아들을 한번 믿어봐. 어쩌면 뜻밖의 행운이 찾아올지도 모르는 일이잖아. 안 그래?"

"그러게. 그래도 그놈이 자존심은 있는지 엄마 돈을 많이 뻥 튀겨서 준다고 큰소리를 치더라고. 어휴, 어쩌겠냐. 어미가 자식 말을 믿어야지. 설령 그게 잘못된다고 해도 네 말대로 남도 아닌 내 아들인데. 암 믿어야지. 잘될 것이라고 굳게 믿어야지."

그러자 희선은 입가에 담뿍이 미소를 짓는다.

"명자야, 넌 자식들을 끔찍이 아끼고 사랑했어. 난 솔직히 너처럼 자식들한테 희생하면서 살진 않았어. 특히 돈에 관해서는 더 그랬던 것 같아. 노후를 생각하다

보니 자식들에게 금전적인 도움을 제대로 챙겨줄 수가 없더라고."

"희선아, 너처럼 자식들에게 그만큼 해줬으면 된 거 아냐?"

명자가 황당한 표정을 지으며 묻자 희선은 침통한 표정으로 대답한다.

"남편과 나는 아들놈 장가갈 때 아파트 전세금 마련해준 게 전부야. 딸에겐 우리 형편에 맞게 적당한 예물만 해줬지. 지금 생각해 보면 미안하기도 해. 때로는 내가 고집만 부리면서 집을 팔지 않고 있는 건 아닐까, 라는 생각도 들고 말이야."

명자의 두 눈에 힘이 잔뜩 들어간다.

"희선아, 저번 딸내미 말에 너무 깊게 생각하지 말라고 내가 말했잖아. 미안한 생각이 자꾸만 들게 되면 자신도 모르게 엉뚱한 짓을 하고 만다니까. 넌 집에서 살다가 죽겠다고 누누이 내게 말했어. 그냥 네 뜻대로 굳은 마음으로 지금처럼 살면 되는 거야. 설령 너한테 무슨 변고라도 생기면 그때는 자식들이 다 알아서 뒷일을 처리하니까 아무 걱정하지 마! 어느 90세 박사가 나이 65~75세까지가 가장 맘 편히 살 수 있는 좋은 나이라고 하더라. 이제 너도 자식들 생각 그만하고 남은 인생이나 홀가분히 멋지게 살아봐라."

그 말에 금세 희선의 얼굴이 보름달처럼 환하게 밝아진다.

"그래 명자 말이 옳아. 요즘 들어 자식들이 집에 오는 횟수가 점점 줄어서인지 괜히 쓸데없는 잡념만 늘어가지 뭐야."

"너 예전엔 자식들 얘기 잘 안 하더니 요새 툭하면 애들 얘기하네?"

"왜, 듣기 싫냐?"

희선이 입을 삐쭉 내밀자 명자는 웃음기를 띠며 상냥하게 말한다.

"아냐. 진정한 인간미가 느껴져서 그래. 그동안 나만 푼수처럼 속을 털어놨잖니. 그때마다 네 속도 좀 풀어놓기를 은근히 바랐거든. 나만 일방적으로 속을 보여주는 것 같아서 한편으론 손해를 보는 느낌도 들었고. 뭐랄까, 네가 좀 깍쟁이 같았거든. 도통 네 속을 알 수가 없으니 말이야."

희선의 가슴이 뜨끔해진다. 명자가 자신과는 전혀 다른 생각을 하고 있었다는 게 당혹스러웠다. 희선은 고개를 끄덕이며 말한다.

"그래었구나. 난 그런 것도 전혀 모르고 있었네. 역시 사람은 서로 얼굴을 보면서 이렇게 소통해야 한다니까."

저만치 또 다른 고깃배가 파도를 가르며 어디론가 향해 떠나가고 있다. 둘은 잠깐 침묵한 채 망망대해가 끝없이 펼쳐져 있는 바다를 멀거니 바라본다. 잠시후, 희선은 명자를 바라보며 다짐을 받겠다는 듯이 말한다.

"명자야, 우리 가을쯤에 꼭 여행을 떠나는 거야?"

"그럼 떠나야지!"

"여행지는 네가 정해. 아무래도 네 일정에 맞춰야 하니까."

명자는 희선의 제안을 흔쾌히 받아들인다.

"그렇다면 부산 쪽으로 떠나는 게 어때? 언니도 한번 만나보려고. 자갈치 시장에서 장어집을 하고 있거든. 언니 얼굴 안 보고 산 지 너무 오래돼서 그 얼굴이 가물가물하지 뭐야. 아버지 돌아가시고 난 후로 본 적이 없거든."

"언니가 몇 살인데 아직도 식당을 해?"

"나보다 3살이 더 많으니까 지금 71세가 됐네."

그러고는 곧장 자리에서 일어나며 말한다.

"희선아, 내가 어릴 때 처음 물질했던 장소를 보여줄까?"

"좋아!"

두 사람은 자리에서 일어난다. 희선은 흥미가 당긴다는 듯 명자 뒤를 따른다. 명자는 다시 희선을 태우고 서쪽 해안도로를 타고 달려간다. 푸른 바다가 훤히 보이는 해안가는 언제 봐도 아름다웠다. 희선은 해안가를 타고 시원하게 내달리는 기분이 역시 최고라고 들뜬 목소리로 말한다. 얼마나 더 달렸을까. 신창리 바다가 한눈에 들어온다. 해안선을 따라 펼쳐지는 풍광들이 마치 한 폭의 수채화처럼 보인다. 희선은 제주의 숨겨진 비경이 바로 이곳 신창리 해안가라는 생각이 들었다. 거대한 풍력발전기가 바다 위에 일자로 서 있는 모습도 이국적이고, 저쪽 인공으로 조성된 다금바리 다리

풍경 또한 아주 이색적이다.

트럭에서 내린 둘은 그쪽 해안가를 샅샅이 둘러보기 시작한다. 포토존인 다금바리 조형물은 해안가를 지키는 용감한 파수꾼처럼 보인다. 그 다리에서 보는 황금빛 일몰이 너무나 아름답다고 명자가 말한다.

"희선아, 난 바로 이 마을에서 태어났어. 초등학교를 졸업할 때까지 살았지. 지금도 마음이 외로울 때면 혼자 이곳에 와보기도 해. 고향 바다는 언제나 어머니의 따뜻한 품속 같거든."

석양이 아름답다는 신창리 풍차 해안도로에는 많은 관광객으로 붐빈다. 둘은 나란히 다금바리 다리를 건너본다. 코끝으로 물씬 풍겨오는 바다의 향기가 희선에겐 더없이 정겹고 싱그럽기만 했다. 금방이라도 싱싱한 다금바리가 푸른 바다를 가르며 힘차게 다리 위로 펄쩍 뛰어오를 것만 같았다. 명자와 희선은 내친김에 '마리여 등대'도 가본다. 긴 다리를 건너는 동안 영화 속 같은 배경이 눈앞에서 펼쳐지자 희선은 백에서 휴대폰을 꺼내 명자에게 내밀며 사진을 찍어달라고 부탁한다. 그러고는 자신도 명자에게 포즈를 잡으라고 한 후 몇 장의 사진을 찍어준다.

명자는 등대를 둘러보고 다시 해안가를 따라 돌아서 나오는 길에 희선에게 이곳 바다목장에 관해서 이런저런 정보를 알려준다. 바다목장은 해양수산부에서 신창리 일대에 어초를 설치한 것이라고. 돌돔과 홍해삼, 전복 등 종묘를 방류해 제주시범 바다목장을 조성했고, 수중에는 2230개의 인공어초와 제주를 상징하는 돌하르방 상, 돌고래 상 등 시설물이 설치된 테마공원이란다. 해상낚시를 즐길 수 있는 교각과 돌담을 쌓아 전통 방식으로 물고기를 잡을 수 있는 원담 체험장, 수산 체험 교육장, 홍보전시실을 갖춘 2층 규모 수산 체험지원 시설 등을 명자는 마치 해설사라도 된 것처럼 세세히 말해준다. 전문 스쿠버다이빙 대표가 바다목장을 임대하여 지금까지 운영하고 있다는 말도 덧붙이면서. 명자의 설명에 희선은 깜짝 놀란다. 명자는 고향에 대해서 모르는 바가 없었다.

명자는 희선을 근처 해녀들이 물질하러 다니는 시멘트 길로 안내한다. 폭이 좁고 길게 이어진 그 길이 끝나자 둘은 바닷가 울퉁불퉁한 검은 돌을 조심스럽게 밟으며 좀 더 바다 쪽으로 가 편편한 돌 위에 우두커니 선다. 명자가 어느 한 곳을 보고 있자 희선도 그쪽을 쳐다본다. 저만치 물질하는 해녀들의 주황색 둥근 테왁이 바닷물에 둥둥 떠 있다. 명자가 입을 달싹인다.

"어린 시절 우리 집은 참 가난했어. 물론 그때는 마을 사람들 대부분 가난했지. 해녀들은 먹고살기 위해 저 바다로 뛰어 들어갔던 거야. 난 바로 여기 바다에서 어머니에게 물질을 배웠어. 그런 내가 결국은 해녀가 될 수 없었던 거야. 솔직히 말하면 물질에 대한 미련은 없어. 하지만 물질을 그만둔 후에 직장 다니면서 지금의 남편을 만났기에 어머니가 더더욱 원망스러웠던 거야. 어머니 말대로 내가 물질을 하다가 죽을 팔자라면 그냥 내버려 둘 일이지, 딸년의 팔자를 바꿔보겠다고 한 게 결과적으로는 기구하고 기막힌 팔자로 만들어 버렸잖아. 미신을 맹목적으로 믿어서 말이야."

"명자야, 아무리 위험한 고비를 겪었더라도 네가 정말 간절히 원했으면 해녀가 되지 않았을까?"

"아마도 그랬을 테지. 그땐 내 생각이 너무 짧았어. 어쩌면 어머니 말대로 애초 난 해녀가 될 수가 없었던 운명이었는지도 몰라. 아니야. 내게 더 좋은 인생이 펼쳐졌더라면 이런 생각 따위 하지도 않았을걸. 그러지 못하니까 괜히 어머니 탓을 하는 거지 뭐. 내가 못된 남편을 만난 것도 모두 내 탓인데 말이야. 후유."

명자는 짧게 한숨을 내쉰다. 오늘도 해녀들은 저 바다를 마음의 고향으로 여기며 동료들과 함께 물질하고 있다. 어느 날은 물질하던 동료가 사고를 당해 죽는 것을 목격했고, 자신에게도 언제 무슨 변고가 닥칠지 모른다는 것도 그녀들은 너무나 잘 알고 있다. 그렇지만 바다는 그녀들에겐 양식을 얻을 수 있는 풍부한 밭이기에 저토록 목숨을 걸고 위험스러운 물질을 하고 있다. 명자는 희선에게 자기가 왜 물질을 그만두게 되었는지 그 이유를 좀 더 구체적으로 말해준다. 희선은 예전에도 그 말을 몇 번 들은 적이 있다.

그때 문득 아주 오래전에 명자와 함께 제주라마다 호텔 이벤트홀 공연장에서 이루마 콘서트를 관람한 게 생각난다. 이루마는 성산포에서 전복과 여러 해산물을 먹으며 제주의 바닷속 세상을 상상해 보면서 작곡했다며 그 곡을 연주해 주었다. 슬프면서도 감미로운 피아노 선율이 희선의 가슴으로 깊이깊이 파고들었다. 그는 바닷속 세상을 예술가의 섬세한 감각으로 그려냈다. 하지만 그 반면 해녀들은 고된 물질을 하다가 깊은 수심에서 숨을 멈추는 사고가 빈번하게 일어나고 있다는 걸 희선은 머릿속에서 지울 수가 없었다.

지금도 저 쪽빛 바다 너머에는 어머니의 어머니, 그 어머니의 어머니들의 아련한 숨비소리가 너울대는 파도 속에 묻어나고 있다. 어쩌면 명자 또한 저 바다가 무척이나 그리우면서도 한편으론 몹시 두려워하는지도 모를 일이다.

신창리 해안가를 샅샅이 둘러본 후에야 둘은 트럭을 타고 오던 길로 되돌아간다. 조금 전과는 달리 명자의 표정이 한결 밝아지자 희선의 마음도 절로 흐뭇해진다.

"명자야, 네 덕분에 근사한 바닷가를 구경했네. 참, 우리 함께 여행을 떠나기로 한 거 절대 취소하면 안 돼, 알았지?"

"으응. 여행 가면 내가 널 데리고 가볼 곳도 있어."

"어딘데?"

"경남 창녕군 남지읍 근처에 있는 시골 마을이야. 그
곳에 450평 대지에 다 쓰러져가는 집이 있거든. 36년
전에 내가 산 거야. 원래는 언니가 매입한 건데 언니가
다른 사람에게 매도한다기에 내가 보지도 않고 얼른
샀어. 워낙 땅값이 저렴해서 언젠가는 그곳으로 혼자
숨어 살 작정으로 말이야. 그때는 오직 그 생각뿐이었
거든."

"그런 얘기를 왜 여태 말하지 않았어?"

"그럴 가치도 없는 땅이라서."

"어떤 땅인지 무척 궁금한데?"

"넌 보자마자 실망할걸."

두 사람이 땅에 얽힌 이야기를 나누는 동안 어느새
트럭은 희선의 집 앞에 도착한다. 벌써 해는 뉘엿뉘엿
저물어가고 있다.

9




　시월의 중순으로 접어들면서 정원에 있는 나뭇잎이
누렇게 변해가기 시작한다. 희선은 독서를 하다가 보
니 가슴속에 있는 뭔가를 써보고 싶어져서 마침내 자
신만의 글을 쓰기 시작했다. 처음엔 무엇을 쓸까 망설
이다가 주변에 있는 것부터 써보게 되었다. 자신이 가
꾸고 있는 나무들과 꽃, 그리고 명자가 물질할 때 들
려준 이야기들을 한 글자 한 글자 그림을 스케치하듯
써 내려갔다. 자신이 반드시 작가가 되겠다는 생각보

다 죽기 전에 이렇게라도 용기를 내어 꿈을 향한 도전을 해보고 싶은 것이다. 그래야 후회도 미련도 없을 듯했다. 사색하며 글로 쓴다는 것은 노년에 보람된 삶을 찾아가게 해주는 여정과도 같아서 마음 또한 매우 즐거웠다.

집을 에워싸고 있는 나무들의 잎사귀가 살랑이는 바람에 이리저리 흔들리고 있다. 거실과 안방, 부엌 창으로 훤히 내다볼 수 있는 나뭇가지에는 언제나 그랬듯이 새들이 날아들고 있다. 이런 소박하고도 정겨운 자연의 풍광을 느끼고 그 감각을 통해 글을 쓴다는 것은 노후의 인생을 풍요롭게 만들어주기도 한다. 희선은 글을 쓰게 되면서 그런 사실을 진정으로 깨달았다. 그러니 인생에서 중요한 건 무엇을 보느냐가 아니라 어떻게 보느냐였다.

뒷마당에는 훌쩍 키가 자라버린 후박나무가 있다. 그 틈으로 장끼와 까투리 한 쌍이 날아들어 키 작은 나무들 사이에서 한가로이 노닐고 있다. 희선은 책상에 앉아서 글을 쓰다가 잠시 집을 둘러싸고 있는 풍경을 한참 동안 바라본다. 이토록 평화로운 삶의 풍경도, 지난 추억도, 어느 순간 연극의 무대가 막을 내리듯 모든 게 끝나버릴 터다. 그러기에 이 순간을 소중히 여기며 오직 하나뿐인 자신을 더 아끼고 사랑하면서 살아야겠다고 희선은 다짐을 해본다.

자연에서 삶과 죽음은 순환되고 있다. 자신 또한 언젠가는 낙엽이 땅에 떨어지듯 자연으로 돌아가리라. 어쩌면 지금의 이 순간은 저기 죽음의 무덤에 걸터앉아 사는 것이나 다름없는 게 아닐까 싶다. 문득 '네가 헛되이 보낸 오늘은 어제 죽은 이가 그토록 그리던 내일이다'라는 소포클레스의 말이 희선의 뇌리에 스친다.

안방 창문을 활짝 열자 그 소리에 놀랐는지 꿩들과 새들이 저편으로 훨훨 날아 가버린다. 그때 휴대전화가 울린다. 딸 미영이다.

"엄마, 잘 지내고 계시죠?"

"엄마야 항상 잘 지내지. 요즘 수호는 어떻게 지내냐?"

"그렇지 않아도 수호 때문에 전화를 한 거예요. 글쎄 수호가 갑자기 할머니가 보고 싶다고 보채지 뭐예요. 지난 여름 방학 때 할머니 보려고 했는데 왜 제주에 안

갔느냐고 막 떼를 써요."

"호호호, 귀여운 녀석! 옆에 있으면 좀 바꿔줄래?"

"잠깐만요."

미영이 전화기를 넘겨주자 수호가 큰 소리로 말한다.

"할머니, 저 할머니랑 많이 놀고 싶어요. 작년에 놀았던 가위바위보, 숨바꼭질, 얼음땡 놀이도 하고 싶고, 정원에서 괴물 놀이도 하고 싶은데 서울 아파트에선 그럴 수 없잖아요. 엄마한테 제주도에 가자고 졸랐더니 겨울 방학할 때까지 기다리라고 하잖아요. 전 지금 당장 내려가고 싶은데 말이에요."

"어이쿠. 할머니도 수호가 너무너무 보고 싶어. 하지만 엄마 말씀대로 겨울 방학하면 내려오거라. 그럼 할머니가 신나게 놀아줄 테니까."

"그럼 할머니가 우리 집에 오시면 안 돼요?"

"할머니는 자주 올라갈 수가 없어. 그러니까 수호가 겨울방학을 하면 우리 만나자꾸나."

"할머니, 그때는 저랑 하늘만큼 땅만큼 많이 놀아줘야 해요?"

"암, 할머니가 꼭 약속을 지키마!"

그 말에 손자는 활기찬 목소리로 엄마를 불러 전화를 바꿔준다. 미영은 수호한테 시달렸는지 목소리에 힘이 없다.

"엄마, 수호는 왜 할머니를 좋아할까요? 엄마보다 할머니를 더 많이 좋아하는 것 같아요. 여름 방학 때 제주에 내려가지 않아서 그런가?"

"그야 내가 수호의 눈높이에 맞춰서 놀아주니까 그렇지! 너도 나처럼 놀아줘 봐라. 그럼 엄마를 더 좋아할걸!"

"에잇 엄마는 어쩌다가 놀아줘서 그렇죠. 맨날 아이와 함께 있으면 아이에게 시달려서 얼마나 힘이 드는데요. 그런데 엄마, 어제 수호가 학교에서 칠판 글씨가 잘 보이지 않다기에 안과에 데리고 갔는데, 글쎄 시력이 많이 나빠졌지 뭐예요. 그래서 안경을 맞췄다니까요."

"에고, 책을 너무 많이 봐서 그렇구나."

"그러게요. 걱정이에요."

"아이는 놀이터에서 신나게 놀면서 커야 한다. 너도

개한테 너무 많은 거 시키지 마라. 건강이 젤 중요해!"

"전 별로 시키지도 않아요. 수호가 꼭 보내달라는 학원만 보내고 있는걸요. 그리고 수호는 제주도가 젤 좋데요."

"아무래도 자기가 태어난 곳이라서 그런가 보구나."

"그런가 봐요."

미영이 겨울방학에 만나자며 전화를 끊자 희선은 갑자기 손자가 보고 싶어진다. 수호가 제주에서 태어나서 더 그런지도 모른다. 당시 사위가 런던 지사에 파견 근무를 하고 있을 때, 미영은 출산을 앞둔 터라 한동안 친정에 머물고 있었다. 마침내 손자의 탄생은 모두에게 기쁨과 행복을 주었다. 세상에서 가장 귀한 축복이자 감사의 선물이랄까. 아기의 옹알거림도, 몸을 뒤집는 것도, 온 집안을 엉금엉금 기어다니는 몸짓도 위대하고 신비롭게만 느껴졌다. 그러나 열 달 후, 딸은 이런 손자를 데리고 사위가 있는 런던으로 갔다. 든 자리는 몰라도 난 자리는 안다고 했던가. 손자가 떠난 자리가 그토록 쓸쓸하고 허전할 수 없었다. 집안에는 온통 손자가 남기고 간 흔적들뿐이었다. 간혹 영상통화

로 손자를 볼 순 있었지만 그리운 마음만은 언제나 갈
증처럼 가슴에 남아 차곡차곡 쌓여만 갔다.

몇 년이 지난 후, 딸네 가족은 다시 한국으로 돌아
왔다. 서울에 집을 마련하는 동안 딸은 예전처럼 손자
를 데리고 친정에서 머물게 되었다. 적적했던 집안에 다
시금 생동감이 넘치는 에너지로 가득 채워지기 시작했
다. 어느덧 손자는 성큼 성장해 있었다. 그런 손자가
어느 날은 할아버지를 따라 정원에서 꽃삽으로 톡톡
꽃을 심어보기도 하고, 할아버지가 나무와 꽃을 가꾸
는 모습을 볼 때면 신기한 표정을 짓고는 그 뒤를 졸
졸 따라다녔다. 할아버지는 손자를 데리고 도두봉, 사
라봉, 수목원을 다니면서 제주의 풍광은 물론 바닷가
에서 할 수 있는 여러 가지 체험도 시켜주었다. 손자는
하늘을 가로지르며 내달리는 비행기를 볼 때면 자신이
런던에서 타고 온 비행기와 기내에서 먹어본 스테이크
가 정말 맛있었다고 귀여운 참새처럼 쫑알거렸다.

그리고 두 달이 지난 후, 작은 평수의 아파트를 매입
한 사위는 자기 가족을 데리고 서울로 올라가서 새 삶
의 둥지를 틀게 되었다. 그럴 무렵 췌장암 진단을 받은

남편은 서울에 있는 병원에 입원하기 전에 딸네 집에서 이틀 동안 머물렀다. 그때 손자는 수북이 쌓인 블록을 쏟아내곤 마당 넓은 정원을 만들었다. 그러면 어김없이 괴물인 공룡이 나타나 평화로운 농장을 한순간에 쑥대밭으로 만들어버렸다. 무서운 괴물을 피해 달아나는 할아버지와 할머니를 손자는 정의의 용사 로봇으로 변신해 구해주었다. 그렇게 매번 할아버지와 할머니는 손자의 눈높이에 맞춰 놀아주곤 하였다. 하지만 그날 몸이 아픈 남편은 예전처럼 손자와 신나게 놀아주지 못했다. 대신 희선은 손자의 눈높이에 맞춰 역할극을 실감 나게 연출하며 놀아주었다. 그럴 때면 절로 피로감이 몰려올 때도 있었다. 그러면 눈치 빠른 딸은 잽싸게 놀이를 멈추게 하곤 자신이 수호에게 동화책을 읽어주곤 하였다.

작년에는 딸네 가족이 제주에 놀러 왔다. 손자는 다양한 놀이 중 유독 얼음땡 놀이를 좋아했다. 쫓는 자와 쫓기는 자가 똑같이 달리면서 어느 한쪽이 먼저 앞을 막아버리면 미처 빠져나가지 못한 쪽이 지게 된다. 진 쪽에서 팔짱을 낀 채 '얼음'이라고 말하면 이긴 쪽에서 '땡'하고 손끝으로 상대를 건들면 다시 처음처럼 쫓고 쫓기는 놀이로 계속해서 이어진다. 한동안 정신없이 할머니와 손자가 부엌 식탁을 두고 잠자리처럼 뱅글뱅글 돌면서 뛰어다녔다. 그러다가 그만 손자가 앞으로 콕 엎어지면서 비명 같은 울음이 터져 나왔다. 손자는 발에 물기가 묻어 앞으로 넘어지면서 쌍코피를 줄줄 흘리고 있었다. 정말이지 코뼈가 부러지지 않아서 천만다행이었다.

다음 날, 하얀 백사장이 눈부신 김녕해수욕장을 찾았다. 겨울 바다의 매서운 바람에도 불구하고 해수욕장에는 드문드문 관광객이 있고, 웨딩 촬영하는 신혼부부도 눈에 띄었다. 하얀 파도가 바위에 부딪치는 주변에는 물새 떼들이 한가로이 앉아 있는 모습이 매우 인상적이었다.

손자는 마냥 즐거운 듯이 모래사장 곳곳을 토끼처럼 깡충깡충 뛰어다니며 좋아했다. 이윽고 할머니 손을 잡고는 개구리처럼 폴짝폴짝 뛰며 파도 놀이하자며 졸라댔다. 희선은 손자에게 추억의 보석상자를 남겨주고 싶었다. 파도가 쏴, 하고 앞으로 다가오면 와, 하고 소리를 지르며 뒤로 물러섰고, 파도가 저만치 밀려나면 또다시 가까이 다가서기를 반복했다. 한데 살갗으로 파고드는 칼바람 때문에 더는 놀 수가 없었다. 희선은 손자가 감기라도 걸릴까 봐 걱정하며 내년 여름 방학 때 다시 제주에 와서 놀자고 그 마음을 달랬다. 손자는 몹시 아쉬운 표정을 지으며 파도를 향해 두 손을 흔들었다.

"파도야, 잘 있어! 내년 여름 방학 때 내가 꼭 다시 올게."

돌아서는 손자의 모습에서 희선은 아들과 딸의 어릴 적 모습이 잠깐 파노라마처럼 펼쳐졌다가 사라졌다. 그때 왜 자신은 이처럼 놀아주지 못했을까. 그런 미안한 마음 때문에 손자와 더 신나게 놀아주고 있는지도 몰랐다. 희선은 할머니가 되어서야 지난날 자신의 뒷모습을 아주 선명하게 볼 수가 있었다.

한참 동안 손자를 생각하던 희선은 휴대폰을 만지작거린다. 손자에 대한 그리움이 한꺼번에 봇물 터지듯 밀려온 것이다. 굳이 겨울방학까지 기다리게 할 필요가 있을까. 희선은 딸에게 전화한다.

"엄마, 왜요?"

"나도 수호가 무척 보고 싶지 뭐냐. 언제 네가 수호를 데리고 제주에 다녀갔으면 좋겠구나."

"엄마가 많이 외로운가 보네요. 알겠어요. 아 참, 저번에 올케언니가 엄마한테 무슨 말 안 했나요? 아까 내가 그 말을 한다는 걸 깜박했지 뭐예요."

"그건 또 뭔 소리냐? 네 오빠네한테 뭔 일 있냐?"

"제가 이틀 전에 오빠를 만났거든요. 근데 올케언니와 크게 다투었나 봐요. 오빠는 통장에 돈이 많이 있는 줄 알았는데 글쎄 올케언니가 오빠 몰래 친정에 목돈을 빌려줬대요. 그 일로 두 사람이 대판 싸우고 올케언니가 그날 제주에 내려갔던 거래요."

"뭐, 뭐라고? 그, 그게 사실이야? 대체 돈을 얼마나 빌려줬는데?"

"내년 봄에 아파트 입주 잔금 치를 돈인데 올케언니가 친정 부모님 운영하는 가게가 너무 힘들어서 빌려줬나 봐요."

"그러니까 그 돈이 대체 얼마나 되냐고?"

"일억이 좀 더 되나 보던데요. 엄만 그냥 모른 척해

요. 자기들 문제는 자기네들끼리 알아서 하겠죠. 엄마, 이거 절대 오빠한테 알은체 마요. 오빠가 엄마한테 말하지 말라고 당부했거든요."

순식간에 희선의 놀란 가슴은 콩닥거리고 얼굴은 화끈거린다. 어떻게 그런 중대한 일을 남편과 상의도 없이 며느리 혼자서 결정할 수 있단 말인가. 희선은 배신과 분노에 어찌할 바를 몰라 안절부절못한다. 그러고는 파르르 떨리는 아랫입술을 한번 질끈 깨물고는 말을 내뱉는다.

"미영아, 그만 전화를 끊자."

희선은 현기증이 일자 벽에 몸을 기댄다. 가슴의 박동을 좀처럼 진정시킬 수가 없다. 생각할수록 며느리의 소위가 괘씸하기 짝이 없다. 희선은 몸을 휘청거리며 안방으로 들어와 그대로 침대에 드러눕고 만다. 아들은 여태껏 부모 속을 썩인 적이 없다. 그런데 이번 일로 많이 괴로워하고 있을 생각을 하니 희선의 억장이 무너진다. 어찌 며느리가 그토록 겁도 없이 통만 크단 말인가? 그 뒷일을 어떻게 감당하려고? 희선의 눈앞에 있는 모든 것들이 온통 새까맣게 보인다. 물론 사람이 살다가 보면 어려움을 당할 수도 있다. 하지만 중요한 일은 가족과 함께 의논해서 결정해야 하지 않은가. 그렇다고 자신이 남의 집 불구경하듯 이대로 두고 볼 수도 없는 노릇이다. 지금 자식이 돈 때문에 맘고생하고 있는데 늙은 어미만 편안하게 잘 먹고 잘살면 무슨 소용이란 말인가. 자고로 자식의 마음이 편해야 어미 맘도 편하거늘. 아아, 대체 이 노릇을 어쩌면 좋단 말인가. 희선의 가슴이 빠짝빠짝 새까맣게 타들어만 간다.

희선은 금방이라도 머릿속이 쾅하고 터져버릴 것 같은 고통이 찾아온다. 별안간에 닥친 일 때문에 도무지 정신을 차릴 수도 없다. 희선은 연신 한숨만 길게 내쉬고는 이내 두 눈을 감아버린다. 몇 달 전, 며느리가 대출받아 아파트를 입주해야 한다는 말을 자신에게 내비쳤다. 하지만 희선은 일부러 관심이 없는 척 어떤 반응도 보이지 않았다. 한데 이번 일은 달랐다. 사람이 한번 돈에 시달리게 되면 엄청나게 고통스럽고 또 다른 일에도 도통 집중할 수 없게 된다. 희선은 벌떡 침대에서 일어나 명자에게 전화를 걸어본다. 명자가 전화를 받았다. 희선이 잠깐 머뭇머뭇했더니 명자가 먼저 말을 한다.

"희선아, 이렇게 늦은 시간에 웬일이야?"

명자의 말에 마음이 다소 진정이 되자 희선은 아들
네의 일을 솔직하게 털어놓는다.

"글쎄, 우리 며느리가 남편과 의논도 없이 일억이 넘
은 돈을 자기 친정 부모에게 빌려줬다지 뭐냐. 사돈님
이 자영업을 하고 있거든. 요즘 사업이 힘들다는 건 나
도 알고 있었지만 그렇다고 어떻게 그럴 수가 있냐?
조금 전 딸에게 그 소식을 듣고 하도 속이 답답해서
너한테 조언이라도 구하려고 이렇게 전화했어."

희선의 이런저런 속상한 얘기를 들은 명자는 조심스
럽게 말을 건넨다.

"희선아, 이왕지사 도와줄 거라면 그냥 이것저것 따
지지 말고 도와주면 안 될까? 네 며느리가 그날 차마
시어머니에게 말도 못 하고 그냥 돌아섰을 그 심정인
들 오죽했겠냐. 그쪽 부모님도 언젠가 형편이 좋아지
면 그 돈을 갚을 거야. 너무 염려하지 마. 설령 돈을 갚
지 못한다고 해도 시어머니가 아들 내외의 일에 노골적
으로 끼어들지도 말고. 그 고마움을 알고 며느리도 시

어머니한테 더 잘할 거야. 어쩌겠냐, 이참에 마음 크게 먹고 도와줘라. 넌 그 돈이 없어도 충분히 살 수 있잖아."

명자는 돈 때문에 심적으로 고생을 많이 해서인지 타인의 고통받는 심리도 아주 잘 헤아릴 줄 알았다. 그날 명자의 조언을 들은 희선은 한동안 고심을 하다가 마침내 마음의 결정을 내렸다. 아들네에게 도움을 주되 돈을 건네줄 땐 분명히 차용증과 최저 이자를 받겠다고 말이다. 아무리 자식이지만 돈 문제만큼은 서로가 깔끔하게 해두는 게 좋을 성싶었다.


앙상한 나뭇가지가 한층 더 쓸쓸함을 더해주고 있다. 시간은 늦가을의 끝자락을 향해 달려가고 있고, 원하든 원치 않든 세월은 이렇듯 빨리 흘러간다. 희선은 요새 어떻게 시간을 보내는지도 모를 정도로 바쁜 일상을 보냈다. 독서하고 글도 쓰다가 보니 시간이 정말 빨리 흘러갔다. 그리고 며칠 전 아들 내외가 희선을 찾아왔다. 아니 희선이 불러들였다. 제주에 내려온 그들은 마음고생이 얼마나 심했는지 얼굴이 핼쑥해져 있었다. 아들은 두 무릎부터 꿇고는 자기 아내를 제발 용서해달라고 사정사정했다. 며느리도 닭똥 같은 눈물을 뚝뚝 떨어뜨리며 어머님, 너무 죄송해요, 라는 말만 반복적으로 내뱉었다. 희선은 며느리에게 앞으로는 그러지 말라고 잘 타이르곤 부족한 돈 문제를 해결해 주었다. 그렇게 골머리가 지끈지끈 아팠던 문제가 말끔하게 해결되자 무거운 짐을 내려놓은 듯 희선의 마음도 편안해졌다. 그래서 낼 명자와 함께 떠나기로 한 2박 3일 여행도 한결 홀가분한 마음으로 떠날 수 있게 되었다.

# 10

제주공항에서 만난 명자와 희선은 부산으로 떠나는 항공기에 오른다. 탑승객을 태운 항공기가 활주로를 따라 질주하자 희선은 도두봉 정상에서 본 항공기의 이륙과 착륙하던 장면들이 불쑥 떠오른다. 수많은 사람이 제주공항으로 들어오고 또 떠나가는 공항의 이별은 언제나 쓸쓸함만 더해주었다. 섬에 갇혀 있다는 답답함이 때로는 우울하기도 했는데 오늘만큼은 자신도 여행객이 되어 제주공항을 떠날 수 있다는 게 마음을 설레게 한다.

항공기는 아주 커다란 새처럼 창공을 향해 힘차게 비상한다. 작은 창가를 통해 바라본 제주 섬은 한 폭의 환상적인 그림처럼 보인다. 천연적인 자연이 살아 있는 화산섬. 바다는 온통 햇살을 받아 은빛 물결로 출렁거린다. 저 멀리 가물가물한 한라산이 점점 멀어지자 항공기는 어느새 하늘 높이 솟아올라 숨바꼭질하듯 구름 속으로 감쪽같이 숨어버린다. 눈앞에는 솜사탕처럼 부드러운 구름이 사방으로 펼쳐져 있다. 순간 죽은 사람의 영혼이 공기가 되어 이처럼 구름 위를 떠돌고 있는 게 아닐까, 하고 희선은 생각해 본다.

항공기가 구름 속을 빠져나오자 망망대해 바다에는 고깃배들이 물결처럼 어디론가 흘러가고 있다. 이제 한라산은 더는 보이지 않았다. 창가 쪽에 앉아 지상을 내려다보던 희선은 자신이 마치 자유로운 한 마리 새가 된 듯한 기분이다. 명자는 피곤한지 비행기에 탑승하자 곧바로 눈을 감고 쿨쿨 잠을 자고 있다.

얼마 후, 김해공항에 도착한 두 사람은 곧장 공항 주차장으로 간다. 희선은 자신의 이름으로 예약한 렌터카 차량을 찾고는 꼼꼼히 차량의 사진부터 찍어놓는다. 그러고는 운전대를 잡으려고 할 때 별안간 명자가 아무래도 핸들은 자신이 잡는 게 좋을 것 같다고 한다. 희선은 별말 없이 고개를 끄덕이며 명자에게 차 키를 넘겨준다. 운전석에 앉은 명자는 우선 내비게이션에 자신의 땅 주소부터 찍어 입력해 두곤 김해공항에서 서서히 빠져나온다.

"명자야, 그 땅 주변엔 뭐가 있어?"

물끄러미 명자를 바라보던 희선이 묻자 명자는 심드렁하게 대답한다.

"낙동강이 있지. 하마터면 내가 그곳에서 살 뻔했지 뭐야. 그놈의 자식들이 뭔지. 그 자식들 때문에 떠날 수가 없었다니까."

"그래서 그때 떠나지 못한 걸 지금 후회한다는 거야?"

"그게 아니라 그때는 그랬다는 거지 뭐. 워낙 삶이 고통스러워서 죽으려고도 해봤으니까. 아무튼 그때는 절집도 자주 드나들었어. 마음을 의지할 곳이라곤 오직 절집뿐이라고 생각했으니까. 하지만 그런 절실한 민음도 팍팍한 현실을 살다가 보니 어쩔 수 없이 변하더라. 자식들이 쑥쑥 커가는 걸 보니 걱정도 되고 또 먹고살기에 바빠서 더는 절집에 가지 않게 되더라고."

"명자야, 그러고 보니 넌 여태껏 나한테 종교 얘기는 하지 않았던 것 같아, 그렇지?"

희선이 서운하다는 듯한 표정으로 묻자 명자는 한숨을 푹푹 내쉬며 대답한다.

"그런가? 처음에는 남편에게서 빠져나오려고 절집을 찾았어. 이후에는 딸년 때문에 절집을 찾았고. 근데 없는 형편에 스님한테 이런저런 기도를 부탁하다가 보니 이래저래 돈이 많이 지출돼서 그만두게 되더라고. 그렇다고 나의 믿음까지 접은 건 절대 아니고. 희선아, 넌 종교가 있어?"

명자가 선글라스를 끼며 묻자 희선도 따라서 선글라스를 끼며 대답한다.

"아직 없어. 요즘 종교가 있으면 좋을 듯해서 나도 고민 중이야. 사후 세계에 대해선 잘 모르겠지만 인생의 허무함에서 벗어나려면 아무래도 종교를 갖는 게 좋을 것 같아서 말이야."

그 말에 명자가 활짝 웃는다.

"그럼 우리 함께 부처님을 믿어볼까?"

희선은 별 시답지 않은 소리를 다 한다는 듯한 표정으로 명자를 흘겨본다.

"종교라는 게 누가 권한다고 믿는 게 아니잖아? 자신의 확고한 신념과 믿음을 갖고 신중히 선택해야지."

명자는 이내 뾰로통한 표정을 짓는다.

"그 문젠 서로 알아서 선택하기로 하고 이제 더는 종교 얘기를 꺼내지 말자. 내가 부처님께 제대로 공을 들인 게 없어서인지 부끄럽지 뭐냐. 한때는 부처님을 모시며 살겠다는 포부도 갖고 있었는데. 그 마음이 어디로 달아났는지. 그렇지 않았으면 시골 땅도 벌써 팔았을 텐데. 그때는 사겠다는 사람도 있었거든. 지금은 소멸 농촌이 많아서 땅을 사려는 사람도 없다는 거야."

희선은 선글라스를 머리 위로 올리며 호기심이 가득한 표정을 짓는다.

"지금은 그 땅값도 많이 올랐겠지?"

명자가 우그러진 얼굴로 대답한다.

"육지 깡촌은 제주와는 달라도 너무 달라. 제주도

땅은 묵혀둘수록 인삼이 되고 산삼도 되는데 육지 시골은 전혀 안 그렇다니까. 아예 땅을 사겠다는 사람들이 없어. 그래서 그냥 언니한테 넘겨주기로 했어."

희선은 두 눈을 똥그랗게 뜨며 말한다.

"그럼 언니가 네 땅을 사겠다는 거야?"

"으응. 장사를 그만두면 한적한 시골에서 살고 싶대. 그때는 함께 살자고 말하더라고. 자매가 꼬부랑 할머니가 돼서 말이야."

명자는 국도를 달리다가 주위를 둘러보며 식당을 찾는다. 고속도로를 타기 전에 인근에서 점심부터 먹고 출발하자고 말한다. 희선은 얼른 인터넷에서 유명한 돼지국밥집을 찾아낸다. 명자는 핸들을 식당 쪽으로 돌린다.

아침밥을 거른 탓에 두 사람은 돼지국밥을 아주 맛있게 먹고는 근처 편의점에서 간식거리와 음료를 산 후 다시 차에 오른다. 이윽고 한 시간 정도 더 고속도로를 타고 쌩쌩 내달리자 저만치 창녕이라는 표지판이 눈에 띈다. 명자는 내비게이션 안내에 따라 그 방향으로 진입해 들어간다.

얼마나 더 달렸을까. 남지읍 표지판이 보이자 명자는 이 차선 도로를 따라 달리다가 좀 더 안쪽 곡선의 도로를 따라 7분가량 더 들어간다. 그제야 한적하고도 고요한 시골 마을이 나타난다. 희선은 주위를 두리번거린다.

"이런 시골이었어?"

명자가 계면쩍어 웃는다.

"언니도 현장을 보지 않고 신문 광고만 보고 샀대. 나는 부산하고 거리가 너무 멀지 않고 또 언니 얼굴도 자주 볼 겸 해서 샀던 거야. 그런데 계획이 완전히 바뀌었지 뭐야. 그때는 그것이 참 간절한 바람이었는데. 내가 그 시절 죽지 않고 이렇게 살아 있다는 것만으로도 어찌 보면 감사한 일이지 뭐."

"하긴 사람 일이라는 게 내일을 모르니까. 내가 제주에 다시 내려와 살게 될 줄은 꿈에도 상상하지 못했으니까. 남편의 발령지가 제주로 떨어졌을 때 사실은 내려오고 싶지 않았거든. 그곳에 이미 터전을 닦아놓은 터라서 쉽사리 발길이 떨어지지 않았어. 근데 막상 고향에 와서 살아보니 잘 내려왔다 싶었지. 이래서 사람들이 고향이 좋다고들 말하나 봐."

명자는 좁은 농로를 따라 들어가다가 비닐하우스 옆 공터에 차를 세운다. 그 맞은편으로 신축처럼 보이는 전원주택이 있고 뒤쪽에 흉물스럽게 남아 있는 폐가가 언뜻 보인다. 명자는 손짓으로 그곳이 자기 땅이라고 가리킨다. 희선은 명자를 따라 주택 옆 좁은 길로 걸어 들어가자 이내 잡초가 우거진 곳에 거의 쓰러져가는 폐가가 보인다. 명자가 놀란 듯 입을 쩍 벌린다.

"아이고, 세월이 참 무섭구나. 예전에는 그래도 안채와 바깥채와 외양간이 모양새를 갖추고 있었는데, 지금은 그 형체마저 알아볼 수도 없네. 저 안에 귀신들만 바글바글 살고 있는 듯해, 희선아!"

명자의 말에 희선은 섬찟한 느낌이 들어 얼굴을 잔뜩 찡그린다.

"명자야, 너 죽을 때까지 이 땅 절대로 팔리지 않겠어. 어느 누가 그냥 준다고 해도 가져갈 사람이 없을 것 같으니까 차라리 기분 좋게 네 언니한테 공짜로 줘버려라."

그러고는 희선이 먼저 발길을 돌리자 명자도 그 뒤

를 따라서 나오며 깊디깊은 한숨을 내쉰다.

"후유-, 내가 돈을 많이 벌면 이 땅에 암자라도 지으려고 했었는데."

"아이고, 네가 제발 돈 많이 벌어서 이곳에 암자라도 지었으면 좋겠다. 그럼 나도 네 덕분에 남은 인생을 절집에 보살처럼 잠깐씩 머물면서 살아보게 말이야."

"호호호. 그러고 보니 우리가 꼭 절집 보살님들 같네."

"하하하."

이윽고 두 사람은 바로 위쪽 언덕 논둑에 올라 낙동강을 바라본다. 명자가 어디선가 잿빛 승복을 입은 스님이 다가와 말을 걸어올 것만 같은 묘한 기분에 휩싸인다고 말하자 희선은 갑자기 생각난 듯 뒤를 돌아본다.

"명자야, 높은 곳에서 네 땅을 내려다보니 꼭 절집 터인 것 같아. 저 봐라? 뒤에는 산이 있고 앞에는 낙동강이 흐르잖아. 그래서 네가 저 땅에 암자를 짓겠다고 했었구나. 그래, 맞아. 절집 터 같다니까."

"그렇지? 훗날 나 대신 언니가 암자를 지어준다고

했으니까 그때 언니랑 함께 보살처럼 살면 되지 뭐."

잠시 주위를 둘러보던 두 사람은 다시금 차에 오른
다. 희선은 이번 여행계획을 명자에게 맡긴 게 잘했다
고 생각한다. 낯선 곳에서 느끼는 산뜻하고도 소박한
시골 마을의 정취가 괜스레 마음을 설레게 한 것이다.

늦은 오후가 돼서야 두 사람은 밀양에 도착한다. 희
선은 반사적으로 영화 '밀양'이 떠오르자 그 도시가 그
리 낯설지 않게 느껴진다. 명자는 맛집을 찾아다니는
것도 즐거운 여행이라며 어느 방송에서 소개한 전통시
장 안에 있는 식당으로 찾아서 들어간다. 그러고는 오
랜만에 소고기 갈비로 든든한 저녁 식사를 하고는 두
사람은 호텔에서 하룻밤 여정을 풀어놓는다.

"명자야, 넌 부자가 되는 꿈 말고 다른 꿈은 없어?"

"다 늙어서 다른 꿈이 뭐 있겠냐? 참 중학교 때 네
꿈은 뭐였더라? 맞아. 글을 쓰는 작가가 되고 싶다고
했었어. 네가 글짓기 시간이 즐겁다고 말했던 거 아직
도 기억나."

"그 시절엔 상상하는 걸 무척이나 좋아했어. 여섯 살
때 방바닥에 엎드려 누워 열 손가락으로 두 눈동자를

짓누르며 보았던 찬란한 별들. 그게 나타났다가 사라졌다가를 반복하는 걸 난 무지무지 즐겼어. 캄캄한 어둠 속에서 반짝이는 섬광을 볼 때마다 내가 마치 별나라에 갈 수 있을 것만 같았거든."

희선은 갑자기 신이 난 듯 자신의 케케묵은 얘기를 줄줄 쏟아낸다. 그녀가 초등학교 때는 하얀 구름을 올려다보는 걸 무척이나 즐겼다. 그 시절엔 매일매일 변화무쌍한 흰 구름의 모양이 그녀에겐 그토록 신기하게 보일 수가 없었다. 때로는 동물들의 모습으로, 때로는 요정의 나라로, 그런 것들이 그녀에겐 온갖 상상의 나래를 펼칠 수 있게 해줬다. 흰 구름은 단 한 번도 똑같은 그림을 그려주지 않았다. 그렇게 하늘만 바라보다가 하루는 달려오는 자전거를 미처 피하지 못해 다치기도 하고, 돌부리에 걸려 넘어져 무릎이 깨져 피가 나기도 했다. 그럴 때면 어머니는 이년아, 제발 정신 좀 바짝 차리고 다녀! 두 눈 똑바로 뜨고 앞을 보고 다니란 말이야! 하고 어린 그녀를 호되게 야단쳤다. 그리고 세월이 흘러 여고 시절로 접어들자 그녀는 작가가 되겠다는 확고한 꿈을 꾸게 되었다. 한데 사촌오빠 때문에 자신의 꿈은 산산조각이 나버렸다고 희선은 그때의 상황을 명자에게 세세히 설명해 준다. 세월이 흐른 지금도 이루지 못한 꿈은 가시처럼 가슴에 박혀 아픔과 후회로 남아 있다고 덧붙이면서 말이다.

은은하게 비추는 조명불 아래서 가만히 듣고 있던 명자는 꿈에 대한 미련을 떨쳐버리지 못하는 희선의 손을 꼭 잡아준다.

"희선아, 아직 늦지 않았어. 너는 나처럼 노후의 걱정을 하지 않아도 되니까 한번 도전해 봐. 나이 들어서 작가가 되는 사람들도 많아. 네 꿈은 노력하면 충분히 이룰 수 있는 꿈이잖아. 용기를 갖고 도전한다는 그 자체가 아름다운 인생 아니겠어?"

"이젠 노안 때문에 눈이 피로해서 책을 제대로 읽지 못하는데 내가 쓸데없는 미련을 붙잡고 있는 건 아닌가 싶기도 해. 그렇다고 맥 놓고 가만히 있을 수만도 없어서 얼마 전부터 글을 써보고 있긴 해. 내가 만약 작가가 된다면 명자, 네 이야기부터 쓰고 싶어. 그런데 내가 정말 할 수 있을까?"

"물론이지. 꿈이 있다는 건 행복한 거야. 꿈이 있어

야 늙어서도 삶의 열정도 홧홧 솟아오르는 법이지. 어
차피 인생은 남이 아닌 자신을 위해서 사는 거잖아. 안
그래?"

"호호호, 우리 명자 말이 맞아."

두 사람은 그동안 하지 못했던 지난 이야기를 새벽
까지 나눈 후에야 겨우 눈을 붙이고는 다음 날 일찍
눈을 뜬다. 다음 코스인 얼음골 케이블카를 타기 위해
서 서둘러 숙소에서 빠져나온다.

영남의 알프스는 '하늘과 구름, 꿈이 있는 하늘정원'
이라고 소개하는 케이블카 안내 방송이 흘러나온다.
두 사람은 마치 비현실적인 세상으로 떠나는 듯한 기
분에 사로잡힌다. 잠시 뒤 케이블카에서 내린 둘은 녹
산대 전망대 앞에서 '백호 바위'를 바라본다. 힘찬 호랑
이의 신비한 기운이 강하게 뿜어져 나와 가슴으로 깊
이깊이 스며들었으면 좋겠다고 둘은 서로의 얼굴을 바
라보며 말한다. 그러고는 서로 사진을 찍어주며 소녀
처럼 해맑은 미소를 지어본다. 두 사람은 주변을 샅샅
이 둘러본 후에야 그곳에서 빠져나와 이윽고 언양에서

코다리찜으로 점심을 먹은 후에 곧장 부산으로 달려간다.

어둠이 내리기 전 부산에 도착한 두 사람은 국제시장과 남포동 거리를 한 바퀴 둘러본 후 용두산 공원으로 향한다. 명자는 고등학교 수학여행 때 이곳을 찾은 적이 있다면서 늙어서 그 흔적을 다시 밟아보니 감회가 새롭다며 흐뭇해한다.

어느새 해가 기울자 둘은 자갈치 시장으로 바삐 걸음을 재촉한다. 명자는 언니가 자기를 보면 깜짝 놀랄 것이라며, 일부러 전화하지 않았다고 한다. 두 사람이 생선 비린내가 진동하는 시장 안 장어집으로 들어서자 명자를 본 언니가 깜짝 놀란다.

"아이고야, 명자 네도 많이 늙었데이. 길거리에서 보면 모르겠다."

언니가 반색하며 명자를 왈칵 끌어안자 명자는 어색한 듯 그 품에서 벗어난다.

"언니, 우리가 안 본 세월이 언젠데 당연히 늙지요. 언니는 생각보다 많이 늙지 않았네요. 요즘 살기가 좋은가 보네요."

"내가 살기가 좋으면 이 나이 먹도록 왜 이렇게 힘들게 장사를 하겠노? 현실의 삶이 어쩔 수 없으니까 일에서 손을 놓지 못하고 있제."

그때 희선이 공손한 태도로 고개를 숙여 인사를 한다.

"언니, 저 희선이에요. 제가 중학교 때 언니를 몇 번 뵌 적이 있는데 기억나세요?"

"오메, 네가 희선이가? 하이고야, 네도 할매 다 되어 뿌렀네."

언니는 희선이를 살짝 안아주며 빙그레 웃는다. 그 옛날 보았던 그토록 곱던 언니의 얼굴은 어디로 갔는지 그야말로 할머니로 변해 있다. 흐르는 세월을 그 누가 잡을 수 있단 말인가. 이제 그 시절 사람들이 친구처럼 함께 늙어가고 있다.

가게에는 테이블이 다섯 개가 있고 그 앞에 천막으로 만든 실내포장마차에도 여러 개의 테이블이 놓여 있다. 여기저기 좌석마다 손님들로 북적인다. 언니는 장어와 꼼장어 손질로 몹시 바쁘다. 명자와 희선은 숯불에 잘 구워진 꼼장어와 장어를 목구멍으로 넘기며 서로 소주잔을 주거니 받거니 하다가 보니 금세 얼굴이 새빨개진다. 언니가 덤으로 장어를 더 구워주곤 다른 음식까지도 챙겨준다.

어느 정도 손님들이 빠져나가자 가게 일이 끝나면 함께 집으로 가자고 언니가 말한다. 명자는 근처 호텔에 짐을 풀었다며 조심스럽게 거절하자 언니는 몹시 서운해한다. 그러자 명자는 다음번에 부산에 오게 되면 그때는 꼭 언니네 집으로 가겠다고 힘주어 말한다.

식사를 끝내고 명자가 음식값을 내려고 하자 언니는 막무가내로 손을 내저으며 두 사람의 등을 떠민다. 하지만 명자가 빠른 동작으로 언니의 앞치마 주머니 속에 돈을 찔려주곤 도망치듯 희선의 손을 잡고 가게에서 빠져나온다. 아무리 가족이지만 장사는 장사라는 걸 명자는 너무나 잘 알고 있기 때문이다.

호텔로 들어오자 쌓인 피로가 한꺼번에 밀려온다. 두 사람은 대충 씻곤 세상 모를 정도로 깊은 잠에 빠져든다. 다음날 햇살이 환하게 밝자 둘은 해동 용궁사로 향한다. 해동 용궁사는 우리나라 4대 관음성지의 하나이고 우리나라에서 가장 아름다운 절이라고 소개되어 있다. 명자의 아들과 며느리는 부산 올 때면 이 절집을 꼭 찾는다며 적극적으로 추천했다.

파란 하늘과 청록빛 바다의 풍광이 더없이 아름다웠다. 명자는 불현듯 강원도 낙산사가 떠오른다. 그 옛날 남편에게서 벗어나려고 홀로 홍련암에서 밤샘 기도를 한 적이 있었다. 그 시절만 떠올리면 '꿈속에서 나비가 되다'라는 장자의 글이 생각났다. 당시 자신 또한 현실이 비현실 같았고, 비현실이 현실 같았다. '꿈속에서 나비가 된 것인지, 꿈속에서 자기가 있는 것인지' 정말 헷갈렸기 때문이다. 장자가 말하는 초월적 존재란 과연 무엇일까? 인간을 만물과 동등하게 세상에 내던지고 생성 변화시키며 천지 우주의 자유로운 작용이 곧 자연의 '도'라 했던가? 살아 있는 혼돈과 하나가 되고, 살아 있는 혼돈을 있는 그대로 사랑하는 것이 바로 장자가 말하는 해탈이라는데, 그 시절 무지한 자신으로서는 도무지 그 뜻과 자연의 이치를 알 수가 없었다. 정말이지 그땐 그 어떤 희망조차도 없었다. 자신이 어떻게 그런 시련들을 극복했는지, 돌아보면 까마득한 지난 세월이었다. 그렇다면 인간에게 이상적인 삶이란 어떤 것일까? 명자는 문득 철학적인 질문을 자신에게 던져본다. 그 시각 사방으로 '관세음보살' 염불 소리가 흘러나온다. 희선은 명자의 팔을 툭툭 건드린다.

"명자야, 왜 멍하니 서 있는 거야? 어서 빨리 두 손을 모아 기도해야지. 네 소원을 빌어봐. 나도 소원을 빌고 있으니까."

그제야 명자는 깊은 잠에서 깨어난 사람처럼 주위를 두리번거리다가 이내 두 손을 모아 합장한다.

다음으로 찾은 곳은 '오륙도 스카이워크'다. 그곳엔 두꺼운 투명유리가 바닥에 깔려있다. 까마득히 내려다보이는 시퍼런 바다가 순식간에 공포감으로 다가오자 희선은 불쑥 '오징어 게임'의 한 장면이 눈앞에 어른거린다. 유리 바닥에 발을 디딜 때마다 심장이 긴장감으로 바짝 오그라들었다. 하지만 조심조심 그 끝에 가보니 시원하게 펼쳐진 푸른 바다 양옆으로 오륙도와 해운대가 한눈에 들어온다. 희선은 엄지척을 내보이며 명자를 칭찬한다.

"명자야. 이번 여행 코스가 아주 끝내주네. 역시 넌 멋진 친구야!"

"그럼 우리 다음에도 또 이렇게 밖으로 나오자. 그리고 희선아, 사실 내가 이번 여행을 떠나기 전날 요양병원을 다녀왔어. 예전에 내 물건을 꾸준히 사줬던 식당 사장님이 그곳에 계셨지. 그분이 뇌졸중으로 쓰러졌다는 것도 난 한참 뒤에야 알게 된 거야."

그러면서 명자는 그 이야기를 들려준다. 반신불수가 된 그분은 명자를 보자마자 더듬더듬 말했다. 너무 돈 돈하면서 억척스럽게 살지 말라고. 자신은 돈에 너무 욕심을 부려서 결국 이렇게 쓰러진 것이라고. 그리고 능력 없는 남편을 무시하며 살아왔는데 막상 쓰러져보니까 그래도 남편이 자신을 챙겨주더라고. 그 말을 들은 명자의 고민은 깊어졌다. 남편과 이대로 졸혼해야 하나, 아니면 새해엔 도로 집으로 들어가야 하나 걱정되었다. 딸 때문이었다. 언제까지 딸을 남편과 함께 둘 수가 없었다. 그렇다고 언니가 땅값으로 보내준다는 돈을 갖고 수미 방까지 얻어주면서 경제적인 문제까지 해결해줄 순 더더욱 없었다. 그 돈이야말로 노후에 쓸 마지막 비상금이었다. 명자는 이번 여행을 끝내고 제주로 돌아가면 곧바로 수미를 만나볼 작정이라고 희선에게 말한다. 또 자신을 쫓아낸 이유도 본인에게 직접 묻고 그 대답도 듣고 싶다고 말한다. 희선은 고개를 끄덕인다.

"명자야, 정말 잘 생각했어. 네가 먼저 딸을 만나보는 게 나도 좋다고 생각해. 언제까지 딸이 다가올 때까지 기다릴 순 없잖아. 지금까지 서로 충분히 생각할 만큼 시간도 가졌으니 네 딸도 엄마를 기다리고 있을지도 몰라."

두 사람은 먼바다를 바라본다. 제주로 돌아가야 할 시간이 점점 다가올수록 다시 현실의 삶은 저기 동백섬처럼 둥둥 떠오르고 있다. 희망을 잃는다는 것은 너무나도 무서운 삶이다. 세상에 모든 부모는 자식에게 어떤 대가를 바라지는 않지만, 그 자식이 희망을 잃고 살아가길 절대로 바라지는 않는다. 명자는 이대로 시간만 질질 끌면 더는 안 될 것 같아서 수미를 직접 만나보기로 다짐하며 두 주먹을 불끈 쥐어본다.

이제 공항으로 돌아가자고 희선이 손짓으로 말한다. 하지만 공항으로 가기엔 너무 이른 시간이라서 명자는 근처 황령산 전망대로 향한다. 황령산 전망대에 도착하자 둘은 공원 벤치에 나란히 앉는다. 그때 명자의 휴대폰이 울린다. 명자는 희선을 힐끔 쳐다보곤 저쪽으로 자리를 옮겨 전화를 받는다. 잠시 뒤, 한참 동안 통화를 하던 명자가 갑자기 뭐, 뭐라고? 하며 놀라서 소리를 지르자, 희선의 시선이 일체 그곳으로 쏠린다.

"그게 정말이야?"

흥분한 명자가 느닷없이 쪼그리고 앉아 흐느끼기 시작한다. 당황한 희선이 얼른 명자에게 달려간다.

"명자야, 왜 그래? 대체 무슨 일인데 그래?"

명자가 희선을 와락 끌어안으며 엉엉 소리 내어 운다. 순간 희선의 얼굴이 공포로 일그러진다.

"아들에게 무슨 사고라도 났어?"

"아니. 나 너무 좋아서 그래. 흑흑흑…."

"좋은 일인데 왜 이렇게 울어?"

"희선아, 글쎄 아들놈이 투자한 주식이 10배나 올라서 지금 모두 매도했대. 더 가지고 있으면 저번처럼 돈이 날아갈까 봐서. 서프라이즈로 날 놀라게 해주려고 했는데 도저히 참을 수가 없어서 전화했대. 전에 사려고 했던 승용차도 사주고, 신축 투룸 빌라나 오피스텔

을 사줄 테니 수미와 함께 살라는 거야. 흑흑흑…. 희
선아, 이게 정녕 꿈은 아니겠지?"

"정말 잘됐네! 괜찮아. 울어. 실컷 울도록 해. 이런
날에는 네 속이 후련해질 때까지 울어도 돼."

희선은 명자의 등을 토닥토닥 쓰다듬어준다. 그러고
는 다시 말을 잇는다.

"우리 명자 이제 아무 걱정 없이 살게 되었으니 얼마
나 좋아. 나도 좋아서 눈물이 다 나오려고 하네!"

겨우겨우 눈물을 멈춘 명자가 일어나면서 희선의 손
을 마주 잡는다.

"희선아, 고마워. 내가 없었으면 나 정말 힘들었을
거야."

"명자야, 앞으로 남은 인생 아주 멋지게 살아봐, 알
았지?"

"으응. 무엇보다 우리 딸을 내가 내려올 수 있어서
너무 기뻐. 세상을 살다 보니 내게도 이런 기쁜 날이
올 줄이야."

"네가 착하게 살아서 하늘에서 복을 주신 거야. 아
무튼 네 아들이 제대로 효자 노릇을 했네. 엄마에게 아

주 멋지게 한 방 쏘았어. 너 솔직히 말해봐. 지금 엄청나게 기분이 좋지? 이번에 차 뽑으면 날 태우고 멋진 곳으로 데려가서 크게 쏘는 거다, 알았지?"

"그럼. 네가 먹고 싶다는 거 죄다 사줄 거야. 하늘에 있는 별도 따달라고 하면 따줄 수도 있고. 넌 나의 천사 같은 친구니까."

"호호호, 말이라도 고맙구나. 이젠 내가 명자 덕을 보게 생겼네."

희선은 하늘을 올려다본다. 그때 명자가 입가에 미소를 띠며 말한다.

"희선아, 나 오래오래 살고 싶어. 이젠 남은 인생이 소중하게 느껴져서 말이야. 늙어서 이런 복이 터졌으니 그동안 누려보지 못한 것도 맘껏 누리면서 살아볼 거야. 나 지금 순간이 얼마나 행복한지 몰라."

두 사람은 활짝 웃으며 차에 오른다. 명자는 여전히 흥분된 표정을 짓고 있고 희선은 그 표정을 사진에 담아보려고 가방에서 휴대전화를 꺼낸다. 그런데 배터리가 방전되어 있다. 희선은 차에 있는 충전기를 휴대전화에 꽂을까 하다가 그만둔다. 명자의 커다란 기쁨 이면에는 왠지 모를 자신의 초라함이 묻어났기 때문이다.

어느새 차가 부산 시내 중심을 빠져나와 공항 쪽을 향해 내달리자 명자는 가속페달을 더 깊이 밟아댄다.

"희선아, 돌아갈 집이 있어 여행이 더 즐거운가 봐."

"그게 아니라 네가 돈도 엄청 많이 벌고 제주에 가면 아들과 딸을 만날 볼 생각을 하니 마음이 즐거운 게지."

"호호호. 그건 그래."

그때 다시 휴대전화가 울리자 핸들을 잡은 명자가 희선에게 자기 휴대전화를 좀 확인해달라고 부탁한다. 액정화면에 뜬 수미의 이름을 본 희선의 두 눈이 휘둥그레진다.

"명자야, 네 딸 수미야."

"뭐, 뭐라고?"

희선이 스피커폰으로 눌러 명자에게 대주자 순간 전화가 툭 끊기고 만다. 순식간에 명자의 얼굴이 파리해진다. 마음이 다급해진 명자는 안절부절못하며 잠깐 차를 세워 수미에게 통화해 보려고 주위를 두리번거린다.

수미는 창문에 있는 블라인드 커튼을 내린다. 방은 깨끗하게 정리 정돈이 되어 있다. 컴퓨터와 침대 그리고 작은 옷장은 늘 자신에겐 분신처럼 느껴지던 물건이다. 이토록 안락하고 편안한 공간에서 빠져나가면 수미는 자신도 모르게 마음이 그토록 불안하고 두려웠다.

엄마는 툭하면 오빠와 자신 때문에 아빠와 억지로 산다고 짜증을 냈다. 그런 날이면 오빠는 엄마에게서 받은 스트레스를 자신에게 풀곤 했다. 이유도 없이 때렸고 심부름을 제대로 하지 않는다고 또 때렸다. 때로는 괜히 화가 난다는 이유만으로도 자신을 때렸다. 마치 아빠가 엄마한테 하는 것처럼 오빠도 똑같은 방법으로 폭행했다. 만약 엄마에게 일러바치면 죽이겠다고 주먹을 쥐며 자신을 위협했다. 그렇다가도 간혹 친절을 베풀기도 하였다. 엄마 몰래 지갑에서 꺼내 온 돈으로 과자를 잔뜩 사서 그걸 자신에게 먹어보라고 줬다. 나중에 엄마가 그 사실을 알게 되면 오빠는 그 죄를 몽땅 자신에게 뒤집어씌웠다.

아빠도 마찬가지였다. 엄마와 싸우는 날이면 그 화

풀이를 자신에게 하기 일쑤였다. 집 안을 왜 청소하지 않았느냐, 밥을 왜 제때 하지 않느냐고 습관처럼 짜증을 냈다. 그런 어린 시절의 아픔을 그 누구에게도 드러내지 않았다. 그 때문에 가슴 속 작은 아이는 매일 어둠 속에 웅크리고 앉아서 울고 있었다.

언제부터인가 수미는 사람들을 만나는 게 몹시 두렵고 무서워졌다. 어느 장소이든 자신이 소리를 내면 돌아오는 건 폭언이고 폭행일 것 같은 공포감 때문이었다. 그래서인지 친구들이 자신을 바라보는 눈빛마저도 괜히 두려워 고개를 푹 떨구었다. 어쩌다가 선생님이 자신에게 뭔가 발표하라고 말하면 몸이 벌벌 떨려 도저히 입이 열리지도 않았다. 놀란 가슴만 쿵쾅쿵쾅 뛰면서 머릿속이 하얗게 변했다. 그래도 책가방을 들고 학교를 열심히 다녔다. 집에서 엄마의 잔소리를 듣는 것도 지겨웠고, 아빠가 짜증을 내는 것도 정말 싫었으니까. 그나마 오빠는 고등학생이 된 후로 자신을 대하는 게 많이 달라졌다. 폭언과 폭행은 하지 않았다. 수미는 그동안 자신이 학교에서 뭘 배우고 뭘 공부했는지조차 기억에도 없었다.

성인이 된 후에야 수미는 비로소 왜 사람들이 자살하는지 그 까닭을 알게 되었다. 또 동반자살을 하려는 사람들의 사연을 인터넷에서 찾아보고는 어쩐지 동질감이 느껴지기도 했다. 수미는 전문대를 졸업한 후 집에서 나가서 살고 싶었다. 하지만 자신에겐 그럴 경제적 능력이 없었다. 그럴 즈음 엄마가 서울에 있는 양초공예학원을 알아봤다고 그곳에 좀 다녀보라고 말하자 수미는 고분고분 그 뜻에 따랐다. 하지만 낯선 사람들을 만난다는 게 여전히 곤혹스러웠다. 더구나 누군가 자신에게 뭔가를 지시하면 목에 밧줄이 걸린 것처럼 숨통이 꽉 막혀왔다. 도무지 애를 써봐도 사람들과의 관계는 힘들고 어려웠다. 가족들을 제외한 다른 사람들을 만난다는 것 자체가 자신에겐 고문과도 같았다.

마침내 엄마가 집을 나간 후 수미는 오랫동안 망설여 왔던 걸 결심하게 되었다. 자신도 엄마처럼 이 공간에서 떠나야 할 시간임을 알게 되었다. 그리고 오늘 드디어 자신의 오랜 계획을 실행에 옮길 날이다. 수미가 초등학교 시절에 엄마한테 자신을 사랑하냐고 물어보았다. 그때 엄마는 자신이 왜 널 사랑하냐고, 넌 그냥 싫은 존재라고 대답했다. 그러면서 되레 자식들 때문에 발목 잡힌 엄마의 인생이 너무나 고통스럽다고 하소 연했다. 물론 그날 엄마는 술에 취해서 말했지만, 그날 받았던 충격과 아픔의 기억은 자신의 가슴속에서 절대 지워지지 않았다.

수미는 무표정한 얼굴로 방을 한 번 더 둘러보곤 창 백한 낯빛으로 고개를 돌려 책상 위를 바라본다. 약국 에서 조금씩 사서 모아놓은 수면제가 갈색 병에 들어 있다. 여태까지 용기가 없어 그걸 책상 서랍에서 꺼내 지 못했다. 하지만 이제 그 어떤 미련도 아쉬움도 없다. 아빠는 며칠 전에 엄마를 만났다고 한다. 엄마가 너 때 문에 집을 나갔으니 너도 당장 집을 나가라고 호통을 쳤다. 술에 취한 아빠의 얼굴은 잘 읽은 홍시처럼 붉디 붉었다.

수미는 어떤 망설임도 없이 수면제를 한꺼번에 입안 으로 털어놓곤 물 한 컵을 단숨에 마신다. 그리고는 미 리 써놓은 문자메시지를 엄마의 폰으로 보내곤 침대에 반듯하게 드러누워 두 눈을 살포시 감는다.

한편 갓길에 차를 세워둔 명자는 마른침을 꿀꺽 삼

키고는 수미에게 전화를 해보려고 휴대전화를 집는다. 그 순간 수미가 보낸 문자메시지가 도착한다. 명자는 바들바들 떨리는 손끝으로 메시지를 확인해 본다.

엄마, 그동안 절 많이 원망했지요. 그래요, 사람들은 저보고 엄마를 내쫓아낸 못된 딸이라고 손가락질했을 거예요. 요즘 아빠도 오빠도 노골적으로 절 싫어하는 눈치였지요. 처음엔 엄마가 없으니까 아빠는 스트레스를 받지 않아 좋다고 하더니 어느 날부터 오히려 날 원망했죠. 모든 게 나 때문인 것 같았어요. 엄마가 평소 아빠를 증오했던 것도요. 엄만 술을 마시면 내게 아빠를 어떻게 만나게 되었는지 그 이유까지도 말해주었어요. 나이도 어린 저에게 말이에요. 그때부터 제겐 남자의 존재가 악마처럼 보였는지도 몰라요. 알아요. 엄마가 가족들을 위해 희생해 왔다는 거. 그래서 엄마를 내쫓았던 거예요. 제발 아빠랑 원수처럼 살지 말고 남은 삶이라도 엄마 맘대로 살아보라고요. 그게 제가 엄마에게 해줄 수 있는 유일한 선물이라고 생각했어요.

　엄마, 새는 날아가면서 뒤를 돌아보지 않는대요. 뒤늦게라도 엄마의 인생을 찾아 떠났으니, 다신 돌아보지 마요. 이제 저도 나만의 공간에서 벗어나 영혼의 안식처를 찾아 떠나가야 할 시간이 된 것 같아요. 그동안 고마웠어요. 사랑해요, 엄마!


　명자는 양손으로 머리카락을 와락 쥐어뜯으며 악을 쓰며 소리를 질러댄다.

　"안돼, 수미야 내가 잘못했어. 내가 잘못했다니까!"

　그러고는 수미에게 전화해 본다. 하지만 수미는 전화를 받지 않는다. 명자는 숨을 헉헉 몰아쉬며 급히 아들에게 전화를 걸어 수미한테 받은 메시지가 아무래도 불길하다며 어서 빨리 집으로 가보라고 재촉한다. 갑작스럽게 상황이 긴박하게 돌아가자 희선은 어떻게 해야 할지 몰라 안절부절못한다. 명자의 불안한 모습을 보니 자신이 핸들을 잡아야 할 것 같았다. 그런데도 명자는 좀처럼 핸들을 넘겨주지 않았다. 잠시 뒤 명자의 아들에게서 전화가 걸려 온다.

"엄마 큰일 났어요. 수미 이 계집애가 수면제를 먹고 지금 깨어나지 못하고 있어요. 119를 불렀으니까 상황 보고 또 전화할게요. 엄마도 빨리 내려오세요."

"뭐, 뭐라고? 안돼 수미야, 수미야, 수미야!"

명자는 딸의 이름을 애타게 부르며 울부짖다가 희선을 힐끗 쳐다본다.

"희선아. 나 먼저 가야겠어. 비행기 시간을 앞당겨 내려갈게. 넌 택시를 타고 늦게 와라."

명자는 그렇게 희선을 도중에 억지로 길거리에 내려놓곤 쌩하니 가버린다. 희선은 뭔가에 잔뜩 홀린 기분이다. 갑자기 등이 시리고 가슴이 떨리고 머릿속에서 굉음이 울리고 맥박도 빨라진다. 제발 수미에게 아무 일 없기를 간절히 바라며 희선은 허둥지둥 근처에서 택시를 잡아탄다. 서편 하늘에 붉디붉은 노을이 지고 있다.

김해공항에서 마지막 비행기로 제주에 도착한 희선은 집으로 들어오자마자 방전된 휴대전화기를 충전기에 꽂고는 떨리는 손끝으로 전원을 켜본다. 수미가 위험한 고비를 잘 넘겼을까? 아까부터 희선은 극도의 불안감과 초조함으로 몸을 부들부들 떨고 있었다. 휴대전화 전원이 켜지면서 동시에 몇 통의 부재중 번호가 뜬다. 그리고 다시 걸려 오는 낯선 전화에 희선은 왠지 불길한 예감이 스친다. 전화를 받자마자 상대편에서 먼저 말한다.

"차희선 씨, 휴대폰 맞습니까?"

"어… 디… 세요?"

"경찰섭니다."

순간 희선은 몸과 마음이 한껏 움츠러든다. 경찰서에서 자신에게 왜 전화했을까? 희선은 꿀꺽 마른침을 삼켰으나 목구멍에 뭔가 덩어리 같은 것이 걸린 듯한 불쾌감이 확 솟구친다.

"무슨 일로?"

"교통사고 난 렌터카를 빌린 분이 차희선 씨 이름으로 되어 있어서요. 몇 번이나 전화를 드렸는데 이제야 겨우 통화가 되는군요."

그 말에 번쩍 명자의 모습이 스치면서 무시무시한 공포가 희선의 목을 바짝 죄어온다. 경찰의 말은 계속

이어진다.

"렌터카 차량에 함께 탔던 분이 교통사고를 당했습니다. 화물차와 정면충돌해서 급히 병원으로 옮겼는데 안타깝게도 그만 사망했습니다."

한순간에 얼이 빠진 희선은 본능을 억제할 수 없어서 그냥 속에서 나오는 말을 마구 쏟아낸다.

"아니에요. 그럴 리가 없어요. 우리 명자가 죽을 리가 없다고요. 이건 분명 뭔가 착오가 있을 거예요. 다시 한번 확인해 주세요, 네?"

"사망자 성함이 김명자 씨 맞습니다."

희선은 들고 있던 휴대폰을 툭 떨어뜨리고는 슬픈 비명을 토해낸다.

"왜 그랬어. 왜 그렇게 급했냐고. 이제 고생이 끝났다고 그렇게 좋아하더니 뭐가 급해서 이리 빨리 떠났어, 이 바보야. 불쌍한 것, 흑흑흑…."

희선은 명자가 잡던 핸들을 자신이 잡지 못한 걸 자책하며 통곡하듯이 울어댄다. 명자의 죽음이 사실이 아니기를 간절히 바랐건만, 명자는 기어코 천사가 되어 하늘나라로 가버렸다. 희선은 무릎을 꿇고 앉아 두 손을 모으곤 신에게 명자가 죽음에서 제발 깨어나게 해 달라고 간절히 빌고 또 빌어본다. 세상에는 죽었다가 다시 살아나는 기적 같은 일이 있었다. 그때 명자의 모습이 오색찬란한 무지개를 타고 허공에 둥둥 떠다닌다. 명자는 희선에게 손을 흔들어 작별 인사를 하고는 공기처럼 금방 사라진다. 슬픔이 격해진 희선의 두 팔이 허공을 향해 허우적거린다.

"명자야, 명자야 제발 가지 마. 가지 말란 말이야!"

희선은 명자의 이름을 부르고 또 부르면서 밤새 목놓아 운다. 어느새 창밖에는 희뿌연 새벽이 밝아오고 있다.

# 명자의 외출

이을순 지음

발행처    도서출판 **청어**
발행인    이영철
영업      이동호
홍보      천성래
기획      육재섭
편집      이설빈
디자인    이수빈 | 구유림
제작이사  공병한
인쇄      두리터

등록      1999년 5월 3일
          (제321-3210000251001999000063호)

1판 1쇄 발행  2025년 5월 30일

주소      서울특별시 서초구 남부순환로 364길 8-15 동일빌딩 2층
대표전화  02-586-0477
팩시밀리  0303-0942-0478
홈페이지  www.chungeobook.com
E-mail    ppi20@hanmail.net

ISBN      979-11-6855-330-9 (03810)

이 책은 제주특별자치도와 제주문화예술재단의
2025년도 제주문화예술지원사업 후원을 받아 발간되었습니다.